新世紀
少兒文學家

新世紀
少兒文學家

新世紀
少兒文學家

新世紀
少兒文學家

新世紀少兒文學家 02

誰來陪我放熱汽球

小野精選集

林文寶 主編
小野 著
許育榮 圖

編選前言

國立台東大學榮譽教授　林文寶

「少年小說」是少年、兒童閱讀領域中甚為重要的一種體裁，具有「跨越性」的功能——從童書導向成人閱讀的跨越。在台灣，少年小說擁有廣大的閱讀群眾。無論是歸屬於台灣本土創作與得獎作品，還是大量翻譯國外優良的作品。廣度上在於出版的「數量」；深度上在於作品的「品質」，均有相當高層次的水準，這是令人欣喜的現象。

然而，地球村潮流與文化殖民影響，相對的，無形中也造成「文化霸權」的入侵。深具台灣人文關懷與本土自然風情的優秀創作，往往因此緣故，可能出版未久，便覆沒在廣大的書海裡。

於是，為了免於有遺珠之憾，各項評選、推薦的活動順勢而起。一方面期望在茫茫書海中為讀者再次尋找優良的作品，這樣的歷程，可謂是在精華中萃取精華；另一方面也是為在地語言、本土文化、歷史傳承與深具台灣本土意識的佳作，提供再一次聚光的舞台。

所以，關心兒童文學出版，有其必要性的適時觀察、檢視，以期了解全面性的發展過程。綜觀兒童文學無論是常態性的出版運行，還是隱藏性的書寫變化，都是在呈現一時一地文學之菁萃，使其蓬華生輝。

筆者長期蒐羅兒童文學作家作品，輯注出版書目，曾於一九八七年及一九九八年兩度策劃兒童文學各文類階段性編選工作，並編纂二〇〇〇至二〇〇九年兒童文學年度精華選集。

就兒童文學小說一類之演進，在關注發展與多方蒐集資料，題材自寫實鄉土至奇幻異境；從孤兒自勵到頑童冒險，可見取材視野之開闊，風格也趨向多元多變。

在見證作品豐富多變之時，身為讀者固然「開卷有益」是一種幸福，然而作為評選者往往就得慎重面臨思索、分析與取捨作品，來滿足讀者及研究者。慶幸在不同時期，我們擁有願意支持這份志業的出版家，以及願意擔負這份重責的編選者，所以完成多部眾聲喧嘩、質量可觀的兒童文學小說選集，持續為茁長兒童文學的枝幹，增添新葉。

九歌出版社自一九八三年設立「九歌兒童書房」（後更名為「九歌少兒書房」）書系，其文教基金會繼於一九九三年起舉辦「九歌現代兒童文學獎」（後更名為「九歌現代少兒文學獎」），不論是獎勵作家創作或是出版優秀作品，每件事都為台灣少年小說的開展樹立典範。為服務廣大兒童文學小說愛好者，特地規劃「新世紀少兒文學家」書系，以個別作家的整體作品為範疇，精選適合少年兒童閱讀的作品編輯

編選前言

成冊，這樣的兒童文學作家作品編選方式是前所未有的。

在台灣兒童文學創作領域以少年小說為創作主力者，在各時期都有名家傑作產生。有些職志未改，始終關注青春少年議題，為其發聲，儘管時空轉換，仍是筆耕不輟；有些志趣轉向，然而對少年兒童的精準描繪與豐富想像仍舊可觀。

這些作家對台灣少年兒童所處的家庭、學校、社會構築的生活有其獨到的論述，成就獨樹一幟的敘事，不僅體現在地作家的人文關懷，更形成反映本土現實的珍貴資產。

本書系為本土少兒文學名家作品選集，主要提供國小高年級及國中以上學子閱讀之優秀作品，所選名作都與少年讀者生活息息相關。文章以精短為主，可讀性與適讀性兼具，以期少年讀者能獨立閱讀。

走過千禧年，在第一個十年之時，希望本書系之出版能為本土少兒作家的文學成就獻上禮讚，亦為台灣少年讀者的閱讀視野再闢風光，謹以為誌。

推薦小野

在地青春面貌

小野創作的面向十分廣泛，散文、小說、劇本之外，還包括圖畫書、戲劇等影像作品，質量相當豐富。他的作品多半反映社會現實，對於受體制壓迫而扭曲的青少年生活有深刻的描寫。本書收錄的作品，在題材、語言的表現上都與少年讀者生活貼近，逾半改編為影片，膾炙人口。

小野擅長將生活體驗轉化為創作題材，因此，我們在作品中可以發現小野學生時期的青澀回憶，同時也有為人師表對學生的擔憂與關愛，乃至為人父母對子女教養觀念的反省與實踐；在不同時期、不同層次記錄這塊土地的青春變貌。

本書選錄的作品真實記錄了在地青春的面貌，例如〈強暴〉、〈斜塔與蜻蜓〉和〈封殺〉便很直接表達作者對思想控制與教育制度的不滿與控訴；而〈男孩與女孩的戰爭〉、〈棉花糖的滋味〉、〈黑皮與白牙〉和〈國中女生〉則是以少男少女的愛情啟蒙作為基底，記錄少年男女藉由投射情感的幻想得到滿足，卻在殘酷現實的揭露下成長世故；然而，從沮喪挫折中懂得釋懷、學會成長，也許不需要多少戲劇化的情節，〈誰來陪我放熱汽球〉裡的少年主角經歷了被爽約的小小苦痛，從短暫的情感幻滅中也體驗了成長的真諦。

小野確實是書寫青春的好手，藉由散文分享生活體驗，利用小說深化生命真諦，透過影像探索人生課題，小野始終保持對青少年兒童的關懷與熱情，為青少年兒童發聲的管道極其舒暢而不遺餘力。

林文寶

與小讀者談心

艋舺野小孩

我出生、成長於台北的艋舺。我從家裡到學校會經過一條日據時代挖掘出來的大排水溝叫做赤川，所以日據時代那一帶叫做堀川町，我讀的小學在日據時代叫做堀川公學校，後來改名雙園國小。可別誤會了，我不是日據時代的人，我是戰後嬰兒潮中的一個嬰兒，那時候出生的孩子兄弟姐妹很多，八個、十個都不算稀奇，大家都很窮，能活著長大都算是幸運的。

擔任公職的爸爸很重視家庭教育，我十歲那年開始寫日記，十一歲那年開始閱讀爸爸為我預備的許多中外經典名著課外書，像《老人與海》、

《戰爭與和平》、《水滸傳》等，並且要寫下讀後感。記得五年級國文老師才要開始教同學們如何寫作文時，我已經低頭把一篇作文寫完了。我參加學校的作文比賽時，評分老師堅持我是作弊的，他們不相信我會寫出那樣的文章，還當場換了一個題目要我重寫。小學時代我在學校讀書讀得很輕鬆，我考過全年級第一名，我有大量的時間玩其他的東西，那個時代沒有電動玩具，連電視機都才剛發明，所以我玩的東西都是靠自己創造的遊戲。我會把《水滸傳》或是《成吉思汗》中的人物畫出來剪下來，在床上開始表演起來，弟弟妹妹是我的觀眾。我會帶著弟弟妹妹玩著各種比賽，我們各自畫著不同的游泳選手放在救火用的大水池上做游泳比賽，也會把各自從教會得到的美國舊聖誕卡片排列出來舉行選美大會。後來我乾脆將自己畫的紙人紙馬賣給鄰居的小孩，後來鄰居來把錢要回去，我傷心了很久。

小學畢業後我考上了離家很近的萬華初中，那是一間和大同、成淵同樣高分的初中，等於是拿到了一張可以進到前三志願高中的門票。印象中同學們都很會讀書，我再也無法像小學那樣輕鬆的考到前三名，剛開始我為了能繼續拿到獎學金還很用功，也強勉可以領到清寒獎學金，後來我就把時間和精力放到課外活動中，除了當班長，還常常代表學校參加校外的各種比賽，包括作文、美術、辯論和演講，我得過全省文藝創作比賽初中組第一名。初二時我還當選全校最高票的模範生，我的大頭照被放大掛在學校的牆上。當時有兩個老師特別寵愛我，一個是教國文的朱永成老師，她買很多課外書送給我，鼓勵我要成為一個作家。在我後來最挫敗的高中時代，她一直寫信給我，她在信上寫了一句影響我一輩子的話：「我教過許多才華出眾的學生，但是，你還是最好的一個，不要辜負了自己的才華。」另外一位是我的導師金遠勝，他在我學業成績一直退步時鼓勵我說：「不要忘記你有三種能力相當強，領導能力、表達能力、溝通能力。雖然你的學業成績退步了，不要洩氣。你的三種能力會讓你成為很不一樣的人。」

由於高中聯考我沒有像其他同學一樣考進前三志願的高中，爸爸也因此很怨怪那兩位曾經鼓勵我的老師，爸爸說這兩位老師欺騙了我，說什麼有才華啦有能力啦都是騙人的，考上了成功高中夜間部證明我是徹底失敗的人。

高中讀了夜間部後，我利用白天開始試著寫作投稿，寫了一些小說和散文，也閱讀很多哲學家的書，我變得非常自卑非常叛逆，高中的幾個國文老師都很討厭我。高二時我還被一個國文老師痛毆了一頓，揚言要開除我，理由竟然是我的眼神充滿了驕傲和不服，他要用拳頭屈服我。在那段黑暗的日子裡我苦練長跑，成為一個優秀的長跑選手。

三年黑暗的日子不停的鍛練著我的意志力。當我知道自己考上了師範大學生物系時，第一個想通知的就是初中老師朱永成，謝謝她一直沒有放棄我，我告訴她我考上了很好的大學，並且向她保證我會成為一個作家。

大學時代我開始用「小野」作為筆名寫散文和小說在《中央日報》的副刊發表，當時朱永成老師已經去了美國，當她讀到我的文章時，從美國打電話到報社問說：「請問作家小野的本名是不是李遠？」副刊編輯回答她說：「是的。」

於是我終於走上了創作之路。

雖然在未來的發展中我也遇到過許多挫折和困難，也曾經懷疑過自己的寫作能力，不過我很幸運的是，後來從事不同的傳播工作，例如電影、電視、廣播、廣告等，都離不開「創作」這個能力；而且在工作上我也都用上了領導能力、表達能力和溝通能力。

最近我在花蓮的東華大學中文系當駐校文學家，這段期間我常常和喜歡創作的同學在一起分享自己每個階段的創作，好像又重新當一次大學生。

永遠保持一顆學習的心，是最幸福的人生。

李遠（小野）二〇一〇年春天於花蓮東華大學

目 錄

恭喜
發財

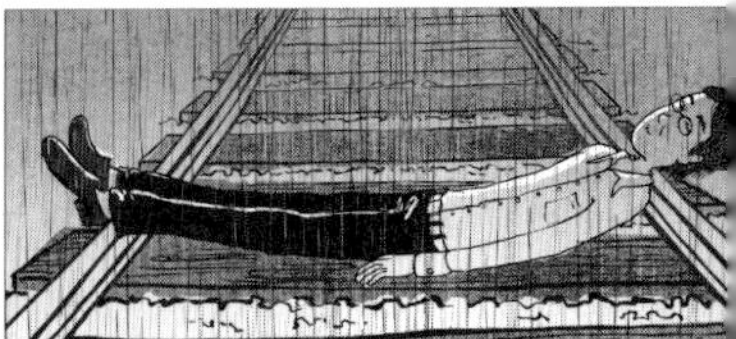

1

斜塔與蜻蜓

水藍的天像睡眼惺忪的嬰孩；好寂寞肅殺的一個早晨。

窗外枝椏那些築巢的鳥兒呢？那些只聞其聲、不見其影的秋蟲呢？什麼時候牠們的聲音已被滿山的枯枝落葉給掩遮了？可是秋天了？噢，秋天。台北市各大補習班的高三學生在秋天時四分之三的精力要花費在英文數學上——這是從前硫酸銅說的，硫酸銅前些日子還從台南捎來一封信，信上這樣說：

唐老鴨：

還決定考甲組嗎？秋天了，祝你明夏的背水一戰馬到成功。毛毛好嗎？匯上一百元，請你代我買些硬柿子去看他；雖然他再也無法和我們一般去感受生活、去掙扎，可是他必然是寂寞的——雖然他已不知寂寞為何物？

很懷念「斜塔」，雖然相隔萬重山，可是每憶及我們三個臭皮匠在斜塔那段苦讀的日子，唉，真真不要讓我再提起罷——

哦，爲什麼又要思念起毛毛——一個已被禁閉的精神分裂病患？爲什麼又要提起那塊傷心地——斜塔，一幢充溢著新鮮混凝土鹼澀味的第九層樓房？回頭再看看那堆積在我書桌上的參考書高聳的像幾道鐵壁銅牆已把我層層逼鎖在它的最內層，一天廿四小時就蹲在那狹窄的空間裡啃食著這些艱深枯燥又乾澀的銅牆鐵壁，只爲了第三度去闖大學那扇窄門？可是不啃不嚼又怎麼辦？一個高中畢業生能幹什麼？這些數學、物理、化學，我最厭恨的鬼玩意——我爲什麼不能轉組？我曾對老爸說：

爸爸，我失敗兩次了，讓我轉文組吧，我的作文老師曾經稱讚我是大仲馬。

你敢考文組就打斷你兩條狗腿，我老爸很乾脆的說：你老子窮困潦倒一輩子還不夠嗎？這裡容不下大仲馬、小仲馬！

哈哈，很可笑的理由，反正，就是這麼回事，在這寂寞的早晨，我得回去唸我的書了。

咦，有一隻好熟悉的大蜻蜓，翠綠色的複眼，碧綠而又滾上了幾道波狀黑紋的胸部，湛藍的腹部不規則的鑲上了黑斑條紋。忽而上忽而下，轉斜著輕盈的體態在窗外盤旋復盤旋。強酸、強鹼、核分裂。牠盤旋復盤旋……。凹透鏡、凸透鏡、矩陣、行列式。牠盤旋復盤旋……。泰勒展開法、三角函數、指數、對數。牠盤旋復盤旋……。從氣態原子移去結合最鬆弛電子所需之能量叫游離能……。牠盤旋復盤旋……。我就是那個結合最鬆的電子，我要游離出去。游離復游離。盤旋復盤旋。大蜻蜓陡然佇歇在窗檯上，抖抖直升機翼般的長翅。啪！啪！我舉起手中那本四百多頁的《物理計算大全》用力去攻擊牠，牠比我快了半拍，一逕衝上了藍藍的穹天，匿跡在寂寞早晨的雲朵裡。

蜻蜓不見了。除了這些狼藉的書本，這附近就只我一個動物了，一條四肢著地鎖在籠裡的大狗熊，像毛毛被幽禁在神經病院裡一般；我們簡直同病相憐。去你的，這些貌似好人又不懷好意的參考書，我恨不得放一把火把你們這些偽君子燒成灰，把這些灰丟到臭水溝裡去餵孑孓。我最了解自己，因此我明年還是會失敗的；我一直在矇騙自己，其實我根本沒有一絲一毫的物理概念——我討厭物理我討厭「我討厭物理」我根本就討厭我自己，我和毛毛一樣都不是唸理工的料子，可是我們都選了甲組，毛毛唸得比我還痛苦十倍。他老爸對他說得更絕：

「反正只要和你大哥、二哥一樣給我考進台大工學院，我不干涉你任何讀書方式和環境。」

爲了這句承諾，毛毛加入了我和硫酸銅在斜塔的苦讀計劃。其實我們三個臭皮匠中，只有硫酸銅真的對理科有興趣，他去年就考上了一所私立大學數學系。唸了半年後失望透頂才休學重考，那時我是第二回合捲土重來，而毛毛才剛高中畢業，三個具有不同命運的天涯淪落人相遇在中央圖書館，就成了莫逆之交。那時硫酸銅他老爸炒股票撈了一票，買下了那幢正在興建中的第九層樓。硫酸銅心血來潮的向他老爸提出他的構想：家具不要搬來，先讓給我們三人在那兒準備聯考的功課。沒想到他老爸點點頭：只要考好，一切OK！於是那九層樓就在喧噪的十里紅塵中形成了一種孤高與隔絕；裡面除了三張破書桌和滿地堆砌著的書本外，就是那臨時鋪設的草席和三床棉被了。在那兒我們度過了暗無天日的六十天。

那時節每到黃昏，我伏攀在空空蕩蕩的九樓陽台，相隔九層以下的過路人便都渺小得似滿地蠕爬著的蟲：它總令我想起沙特那個怪人，和他筆下的那個狂人，在伊樂斯特拉土士裡那個站在七樓俯瞰人群的可憐狂人，思考著存在的本質。如今我比他更上了兩層樓，於是我盡量模仿著他，也想藉著九樓底下的渺小人物來襯托出我相形之下的優越和昂然。可是我感到的只是腳底冷颼颼的風，冰涼直鑽入我的腳骨縫裡，而硫酸銅和毛毛總是傳來那千篇一律的對白：

「剩幾天啦？」

「連今天，五十一天。」

猛然回首，毛毛把整個頭栽埋進那本快K爛了的數學課本裡，像是沙漠裡掩耳盜鈴的鴕鳥；而硫酸銅的聲調，也像他自己彈吉他時悸動而誇飾的顫音，流失在五月灼熱浮躁的空氣中，他比我們都有把握，他到底在恐懼些什麼？對我這個永遠和那頂方帽子絕緣的人而言，始終無法了解一個已經有學校讀的大學生，還有什麼可

憂慮的？

今年夏季，他又如願以償的考進了他夢寐以求的國立大學，可是才唸了一個月，他在給我的信上如此寫著：

唐老鴨，你知道嗎，本來大學在我心目中神聖的一如巍峨的聖殿、華麗的一如宮廷，我認為終於可以在那兒尋覓到我想要的。可是當我擠破了頭，連換了兩所大學，睜開迷茫的雙眼，才發現心目中的聖殿宮廷，竟如荒煙蔓草堆中的空茅屋。唐老鴨，我感到前所未有的難受——我不惜浪費寶貴青春在斜塔上，我所恐懼的，不是擠不進那道窄門，而是擠進後的失望，很可悲的，我又再一次證實了我的恐懼……。

可是，我還是會鼓勵你去拚命K書，明年夏天也擠進這道窄門，這不是很可笑的事實嗎？所以最近我一直思考這個問題。

我們一直別無選擇的跟著人群走，像是一群帶負電的電子，大學彷彿是帶正電的原子核；高中一畢業我們就循著一定的軌跡繞啊轉啊，我們永遠不明白自己為何而轉？為誰而繞？我們只知道別人都這樣繞，我們好像別無選擇……

我不懂這些，我一直是門外漢。只是我知道，硫酸銅和我一樣，懷念斜塔卻又害怕去想它。畢竟，斜塔是毛毛取的名字。那是一個透著寒意的夜晚，我背完了一百條化學方程式後，躺在冰涼的拼花地板上，讓夜的寒意陣陣從地板導入我骨髓，冷澈每條神經。這時在一旁本來睡熟了的毛毛突然在他自己尖叫的噩夢中驚醒。我夢到一座塔，他睜大驚恐的眼珠猶有餘悸的描述著：「我夢到一座傾斜了三十度的斜塔，」他的聲調猶如風雨中飄著的蠶絲，欲斷未斷的黏貼著：

「那斜塔彷彿在叢林深處，也恍若飄泊在無邊的海洋，而我們三個人就在那座塔內掙扎尖喊，欲逃卻不得其門而出。我像是被幽禁在餓塔裡的猶谷利諾，從餓塔壁上唯一的小孔看見了淒冷的月亮，隱約聽到塔底鐵門加鎖的咔啦咔啦沉沉之音。然後聽到鑰匙投入海底的清脆響聲……。

我見到一個日本人倉促地從那座塔逃出，我猜那就是廚川白村，那麼塔就是象牙塔了？象牙塔一直傾斜著傾斜著，崩垮了，把廚川白村壓成一攤血肉。

彷彿又有一個著中國古裝的女子，在塔中揮著袖子，白亮亮的長袖舞在冰冷的月色下，是白娘娘吧？那雷峰塔在夜色淒迷中也漸漸傾斜……。」

反正，毛毛哆嗦著嘴唇說：「我夢見我們三個人都在塔裡面張大著嘴，在那死灰色的斜塔裡嘎啞得聽不出喊些什麼。」

那時，硫酸銅就偷偷告訴我，他很替毛毛擔心，他說毛毛是個感性極強的文學天才，可是爲什麼他要走他大哥二哥的理工路子？那次噩夢之後，毛毛依然毫無怨言的K著書，可是卻也不斷的做著類似的噩夢。噩夢重複著、循環著，他總是茫然驚悸著從夢中驚起。那一張沒有血色的臉在燈光不足下僵硬著，像一座石膏雕像。僵硬無血蒼白的一張畫像。

哦，這隻大蜻蜓什麼時候又飛來了？盤旋復盤旋……。在斜塔唸書時，我就認識你——你是個不吉祥的小傢伙，去，去，不要再飛來給我帶來楣運，這已是我最後一年，老爸一再警告我：你這小子，再考不上就去當大頭兵了。去罷，你這鬼頭鬼腦的小傢伙，我要唸數學了，你走吧。或者，或者你飛去毛毛那兒吧，他現在一定寂寞透頂；他會對你傻笑，對你招手，然後又會對你大吼大叫，就像每回我去看他，他在緊鎖著的鐵柵裡對待我一般。去罷，去找毛毛，告訴他說我和硫酸銅都想念他，等我抽空會用硫酸銅匯來的錢買硬柿子去看望他，（他最愛吃硬柿子。硬柿子象徵釋放，過去他常這樣說。）叫他安心地曬曬太陽。你走罷，大蜻蜓，這次我不再攻擊你了。

認識這隻蜻蜓是一個淌著汗的日子，那天早上毛毛的老爸老母提了一籃硬柿子來斜塔「慰勞」我們，然後對毛毛說了許多鼓勵的話，要他牢記在心。他老爸用蒼老殷切的語氣說：「老三，全看你的啦，台大工學院，嗯？」

那天下午硫酸銅捧著一本英漢字典觸電般喃喃的背誦著上面的單字，而我為了一題濃度的計算竟花了快一小時。空氣在高溫下嗡嗡蒸騰著，透著些燒焦味。一種黏滯的沉悶夾著汗水從毛孔中沁出。突然一本《活用化學》被甩到天花板上撞擊後如折翼的鴿子般癱瘓在桌腳邊。空氣煩躁著沁著汗。一張被扭歪了的面孔，爆裂一聲巨響：

「我要崩潰啦。二十九天。二十九天。」

毛毛把臉埋入粗大的手掌裡，久不經修剪的長髮披散在手指間。毛毛的手指幾乎嵌進了頭顱內。

「到植物園去散散心吧。」硫酸銅拍拍毛毛的肩膀，他無助地點著頭。於是我們三個人便從九樓頂，一口氣衝到最底層，然後徒步走去植物園。

原以為植物園的花香鳥語可以使我們暫時逃避些什麼，可是當我們躑躅在曬得龜裂的泥土地上，才踩出右腳，覺得焦躁不安，再跨出左腳，竟又有些飄忽。我見著的再也不是想像中的翠綠，卻是阻隔在龜裂道路盡頭那白蒼蒼的烈日。大王椰子的葉脈也沿路被灼焦了。三三兩兩彎腰駝背的年輕人，躲在每個陰暗的角落唸唸有詞。硫酸銅說：「這些是我們二十九天後的競爭者。」

「天下之大竟無我們容身之地。」毛毛喃喃地說。

於是我們在蓮花池畔，見到了這隻蜻蜓。牠繞著蓮花飛，一圈又一圈，蓮花曖昧不清的紅著俗不可耐的臉蛋，蜻蜓永無休止的盤旋迴飛。毛毛忽然指著蜻蜓說：

「看，看，看牠……。」

毛毛指著蜻蜓的手指頭顫抖著；在淌著汗的日子，風已隱沒林梢的乾燥裡，手指像瘧疾病患般抖著。著了魔般的抖著……。

一個手持捕蟲網的野孩子，在池塘邊追逐著蜻蜓。蜻蜓被逼得亂飛，橫七豎八的竄逃著。終於牠飛離了亭亭田田的蓮葉，在天際樹叢間消失了蹤影。

快聯考的那十多天，毛毛常常自言自語。他總是唸著「台大工學院」五個字，然後對著書本發楞或傻笑。

距離聯考的第十三天，我看到毛毛在一張紙上塗抹著，漆黑黑的一堆線條，後來他上面寫了幾個潦草的字：

如果有天梯，我將拾級攀扶而上，用一塊無垠的黑幕遮去那像地獄永劫之火的烈日。

街對面那座進香客絡繹不絕的寺廟裡傳來了肅穆的鐘聲。噹——噹——噹。九層樓被震撼著。

毛毛站在窗口，他自言自語：

「昨天還收到大哥和二哥合寫來的信，要我保持他們的光榮傳統。」

鐘聲又起。

「去拜拜菩薩吧。」毛毛回過頭對我說，一臉惶惶。

三人無言地跨進了那道門檻。青面獠牙糙皮粗面的羅漢張牙舞爪彷彿要衝出水泥欄杆。與世無爭的長袍袈裟輕輕地從走道上拂地而過。木魚。佛經。嬝嬝青煙。毛毛忽然癱軟在大佛塑像前的椅墊上，又是那種鴕鳥動作，頭壓得很低很低，虔誠地訴說著囈語似的話，久久不起。

他燒了一把香。他求了一根籤。他拿了一張籤紙看了看，他把籤紙撕成粉碎。碎屍萬段的籤紙散落一地。

毛毛向廟裡的大法師借了幾本佛書，他和大法師談了很久，大法師送他一串唸珠。

「毛毛，不要太任性，禪救不了你。」硫酸銅搖著毛毛的大臂勸他：「要參禪唸佛等考完大專聯考再說，最後關頭好歹也復習一下。」

可是那幾天毛毛總是撫著那串黃綠色的唸珠；他問我：「唐老鴨，你看這一顆顆大佛珠像不像蜻蜓的複眼？」

我楞楞的看著那一粒粒蜻蜓的大眼珠從他拇指底下擠滑而過，沒有吭聲，只楞楞的看著。大眼睛無神著。

快要聯考的某一個晚上，毛毛忽然要我陪他上教堂。他說：「禪救不了我，上帝會救我。」

毛毛的神情已有些恍惚，我不忍心違拗他，就陪他去了大水溝邊的那間小教堂。

「小弟弟，你第一次來吧？」

一個頭髮斑白的牧師摸摸他的頭。

「先生，我很痛苦。」毛毛直接了當的說。

「只要你信仰主，小弟弟，他無時無刻不在你身邊，他會指引你一條路。」牧師引著我們坐在一張長板凳上。

白花花的燈光。恍若另一種寂寂無聲的世界。那些人坐在那兒無憂無慮，我再一次有了那種九樓的隔絕感。

他們給了我和毛毛一本聖歌歌本。然後聽到他們靜穆悠揚地合唱了起來：

「一百隻羊有九十九在主欄中安眠，但有一隻遠離金門，迷路群山之間，遠在荒山空谷徘徊——

「遠離良牧照顧……。」

琴聲再起。「一百隻羊有——」大家又再唱了一遍。

白花花的日光燈。這是一個奇異又陌生的世界。

一個小孩激動的放聲痛哭，驚動了整個教堂。

我扶著毛毛——這個正痛哭的小孩。在蒼蒼茫茫的月色中，我和毛毛回到了九樓的斜塔，一路上無言，推門而入，首先映入眼簾的是滿桌的書。書。書。還有疲憊不堪已倒在草席上鼾聲大作的硫酸銅，唾液從口角滴到草席上，化成一攤圈圈。空洞淒清的房子，一瞬間竟覺有巨型的吸血蝙蝠四壁亂竄橫飛，幢幢魅影自九樓窗外飄忽而入。疲憊的鼾聲繞著蝙蝠和魅影一直在空屋裡迴響。迴響。

今年聯考放榜，我和毛毛都落了榜。

我是注定的失敗者，可是毛毛呢？爲什麼一臨場他就全都失常了？而且敗得如此淒慘？分手後，我得到一個消息：他老爸狠狠的摑了他幾巴掌，大罵他：「沒出息，敗家子。」於是他便失蹤了。當他被兩個哥哥從廟裡尋回來時，已經不是原來的毛毛了。不是原來那個聰明而善於思考的毛毛了。

上個月硫酸銅回台北，和我一同去精神病院去探毛毛。途中我問他在台南的情形，他只搖著頭說不值得一提。然後他忽然說：

「唐老鴨，有一天我也做了一個夢，夢到了那座塔。那幢九樓的建築物，不曾遭風浪侵擾、沒有暴雨傾壓，可是那座塔更斜了，快倒了。」

我看著硫酸銅的臉，覺得有一種過去所沒有的成熟與深刻在他那嘴角與眼瞳中表露出來。他低著頭，繼續說著：

「昨天深夜我趕著夜快車北上時，那班夜快車駛得奇快無比，可是在霧濃天寒的夜色中，我發現每站都誤點。當車子飛快的駛在鐵軌上，一株株夜樹從我耳際擦磨而過，我一直想著這個令人費解的問題：

行車速度增加，偏偏卻站站誤點？」

有人說，這時代麻木與不思考的人最幸運。此刻我最幸運，因爲我的腦袋像一張白紙，我得爬進那些書堆裡，那狹窄的空間就是我的廟宇，我的教堂。我開始聽到一些鳥兒的叫聲了。秋天了，不是嗎？那隻蜻蜓呢？能帶給我一些毛毛的訊息嗎？或者他此刻應該是沉默的，在鐵柵裡沉默得一如那座斜塔。而我呢？身後那些物理化學數學課本正虎視眈眈的監視著我，這還是一個寂寞肅殺的早晨。

——選自遠流出版《試管蜘蛛》

2

男孩與女孩的戰爭

生命的最高目的，男人為名，女人為愛情。

——法・巴爾札克

1. 戰爭前

剛剛才又結束了一段「愛情遊戲」後，徐牧靠在床頭翻閱一本法國文豪巴爾札克的小說。當他讀到那句「生命的最高目的，男人爲名，女人爲愛情」時，突然掩卷豁然頓悟：這些年來，感情一直無法真正的紮根於固定的一位女孩，原因只是這一點點觀念無法溝通而已。他闔上眼，當他再度睜開眼睛時，手上的書已被一個從外面衝進來的人掀掉：

「星期天，十分寮瀑布，罩馬子去，如何？大作家？」

「心情不佳，謝絕囉嗦。」徐牧頭也沒抬起來，不用猜，又是那個「色中餓鬼」——老色。

「去你的，整天鎖在屋子裡，沒有陽光，休想孵出個蛋來。」老色眉飛色舞的述說著：

「馬子大約二十管，來自台北最有名、最會玩、最花的ＸＸ學院ＸＸ系，能邀出來還是我老色面子大，我擔心對方太高竿，咱們罩不住，所以，嘿嘿，勞動大駕，一人可抵十人用。」

「罷了！我徐牧早已看破紅塵，還不又是那一套——一群大學生玩那種幼稚園的遊戲。」

「你別裝蒜了，又不是不知道，這只是一開始接觸戰，要各自帶開一對一就看個人造化了。」

「唉，我愛好和平，一個反戰主義者。」

「去散散心，總可以吧？」老色口吐蓮花，不放棄遊說：「搞不好，回來又是一篇小說哩，嘻嘻，賞個面子，謝啦。」

「好吧。」徐牧似乎被他最後一句話說中要害，已經好久寫不出一篇小說了，於是點點頭：「去是可以，不過別多嘴讓對方知道我是徐牧……」

「哇操，徐牧又不是白嘉莉，又不是李小龍，還家喻戶曉呢。」老色撇撇嘴：「就算我說了，怕也沒人聽過。好吧，看在名作家份上，打八折，繳八十塊錢，包括替女孩子出的費用。老規矩：多不退，少補。」

「簡直敲詐！」徐牧摸索著牛仔褲繃緊的褲袋：「男女天生就不平等。」

老色走後，他從抽屜裡翻出了那篇寫了快一年的小說——〈白鷺飛了〉，只差其中一小段郊遊背景不夠理想，正好，一趟瀑布行，或許正是催生劑；想想，心情也就開朗些，順手把巴爾札克拋回書架上讓他歇著去了。

2. 接觸戰

牛毛霪雨天寒地凍的寒流也選中了這一天來參加郊遊。

徐牧背了一個旅行袋，裡面放了一本剛買的小說評論集，在「義美」附近張望，猛的被人拍了一下，老色披了件淺藍色防雨夾克，扭縮著脖子立在他身後：

「天公不作美，女孩子該到的沒來，只有十管。男孩子不該來的卻風雨無阻的到齊了——先收了錢，果然不同。」

站在老色後頭有兩個小伙子。其中一個身高一八〇以上，著黑色皮大衣，老色拍拍他屁股對徐牧說：

「他叫唐家煒，過去台大交響樂團的提琴手。」

然後轉身指了指另一個穿全套牛仔布獵人裝的撲克臉：

「這是蔡敬風，未來婦產科醫生，將來嫂夫人生產，免費。對了，喊他風子，我們都這樣喊。」

徐牧伸出了手掌，自我介紹：

「我姓徐，和老色是高中同學。」

老色旋轉身，對他們揮手：

「好了，諸位戰友們，Let's go！」

擠滿乘客的客運穿梭在車群中，跌跌撞撞的駛向馬明潭。車上唯一空著的十個座位，在男孩們奮力爭奪下，安然分配給十位「女王」，而二十五個男孩便圍擠在王位四周形成一道肉牆，如守衛的鐵甲武士，彼此擠得齜牙咧嘴，仍不失「英雄本色」。

「欸，小姐，您貴姓？」小提琴手唐家燁略歪著快要撞到車頂的頭，問一個穿大紅毛衣而身材窈窕的女孩，徐牧注意到那女孩胸前垂掛著一個金光閃閃的十字架項鍊。

「你是第七個問我相同問題的人。」紅毛衣連睫毛也不瞬一下：「男孩子真缺乏幽默感！」

「這——」小提琴手顯然是驢子脾氣，一下就面露不悅：「好吧，請問小姐，三圍？」

「三七——五十——三七」在一旁的風子不愧是婦產科，在腹部比劃一下，表示懷孕的婦人。

「喂，你——說話先打草稿！」一個紮紫色髮帶的女孩昂起頭，瞪大一雙挑釁的杏眼，很快發揮了守望相助的精神。

「別——別這麼兇嘛，妳一兇我的腿就軟了，軟了就想找位子坐。」風子使出嘻皮笑臉的中國功夫。徐牧在一旁想，這個穿獵人裝的風子，大概是個出色的「獵豔聖手」吧。

「要坐，我讓你。」紫髮帶順手拎起嬉皮袋，就要起來。被雨絲飄迷茫了的窗子，映襯著她紫色的髮帶。

「嘿——別急——慢慢來。各位父老，她說要我坐在她大腿上……」風子乾脆一不做二不休的嚷叫開來，逗得其他男孩炸笑起來，他也不顧紫髮帶的表情，繼續裝瘋賣傻：「不過，我的大腿要感謝妳，妳瞧瞧，我褲子上綉的小丑正用感恩的眼神對妳微笑，可是我的大腦卻告訴大腿說：大腿啊，你可別上當哪，一坐上去穩得痔瘡！」

「低級！」紫髮帶罵了一聲，自己卻忍不住掩面笑起來。

車子便也顛顛簸簸著笑到了馬明潭，再從馬明潭換車到平溪時，雨也停歇了。平溪一帶多煤礦，晶亮漆黑的煤炭堆砌在一些鼠灰色的城廓裡，沿途是搭架簡陋的木造平房。徐牧和老色正商量著搭火車和解決午餐的事，一個女孩從後面跟上來，指了指徐牧的旅行袋：

「借我放一下傘，好嗎？」

徐牧回身看她，正是剛才在車上那個頗兇悍的紅毛衣，胸前十字架閃爍著金光，旁邊緊挨著的正是紫髮帶。徐牧第一次看清這兩個女孩同時都擁有她們最佳的武器——漂亮。徐牧笑笑，打開旅行袋：

「很榮幸能放妳的傘。」

放完了傘，她們倆頭也不回的手牽手往前蹦跳而去。

「嘿，長得很正哩，咱們一人罩一個，走——」老色扶了一下太陽眼鏡，色瞇瞇地死盯著前面兩個輕盈跳躍的背影。路邊正巧有隻癩蛤蟆張著嘴咕嚕咕嚕叫。

「要上你上，我只想來散散心的。」徐牧把旅行袋掛上肩：「你去一箭雙鵰吧。」

「假道學，好吧，我去了，別後悔。」老色激動地揮揮手，把袖子的雨滴濺到徐牧臉上。

很快的，老色便夾在那兩個女孩之間，左右逢源，樂不思蜀，三條影子便拉長在雨後濕亮的路上。

上了小火車，老色清查人數時，發現小提琴手失蹤了。風子悄悄對他說：

「他半路就溜走了，還帶走了一個女孩……」

「真搞他不過，這傢伙，倒是速戰速決呢。」老色搖搖頭，咧嘴而笑。

小火車裡，徐牧和風子坐在一起，正對面的老色仍然夾在紅毛衣和紫髮帶之間，手舞足蹈的，三條影子也就映在濕濡窗外的青翠裡。

「對面的紅毛衣，是個情場老手，很老道，而那個紫髮帶就單純多了。」風子低聲對徐牧分析著。

徐牧搖搖頭：「有些老手會裝得很嫩。」

「老實告訴你，我風子就曾經被這個學院這個系的女孩騙過，我的一家醫科朋友也不少人『栽』在她們手裡。」風子的表情開始迅速扭變，似乎有太多不愉快的經驗令他憤怒：「據我所知，她們這一系有個傳統，每次郊遊或舞會回去，就檢討得失，交換心得，改良方法。她們能隨機應變，見人說人話，見鬼說鬼話。虛偽、勢利、現實、要心機——我，我看透了她們。」

「我看你也非弱者，怎麼，連你都罩不住？」徐牧想起風子剛才在車上要寶的神情。

「別以爲我天生就是玩世不恭，當小丑的命。」風子感慨地說：「過去的慘痛教訓，使我懂得如何言不及義，如何控制感情。反正和這一票馬子玩玩，認真不得，操，我早看開了。用感情的人是白癡！」

徐牧沒再搭腔，他過去也曾聽聞這一系的女孩高明的手腕，沒想到給遇上了。他看看對面的紅毛衣，忽然想到自己旅行袋裡有她的一把傘，徐牧笑了，這是哪一招？

小火車匡隆匡隆的軋壓著生銹的軌道。

忽然，徐牧聽到對面的紅毛衣尖叫起來：

「什麼，他就是徐牧？」

「不錯，貨真價實的名作家。」老色眉毛一挑，無上光榮似的。

「對了，難怪面熟，前兩個月他才來我們學校演講，題目好像是——」紫髮帶在一旁也露出驚訝的表情。

「喂，老色，你別亂講，徐牧今天沒來，你少拿我窮開心。」徐牧很鎮定地向老色使了一個眼色，心裡忿忿地：這小子，口沒遮攔，早就提醒過他的。

「哈哈，何必客氣呢。」老色早就忘了徐牧所提醒的，還一個勁兒的說：「沒錯，沒錯，他就是寫那本《大學城裡一小丑》的徐牧！」

徐牧不再吭聲，風子也丈二和尚摸不著頭，他也是《大學城裡一小丑》的忠實讀者，對徐牧崇拜得要命，沒想到，他就坐在自己身邊。

原本是個聽瀑布的日子，或許能洗滌些塵世的污染，暫時忘卻那些感情的羈絆，看情形，這一趟又不得安寧了。徐牧這樣思索著，覺得很掃興。

下了小火車，剩下一段類似峽谷的地形，就只有步行了。狹窄的破木板橋和架設在溪谷上的軌道竟形成一個接納寒流的大口袋。風子冷得把獵人裝的扣子全給扣上了，那一瞬間，徐牧覺得他已不像個獵人，而像夜總會裡滑稽的堂倌。

他和風子各擇一條軌道走著，走向永無交點的一端。風子說：

「假如你真是徐牧，我保證那個紅毛衣會來找你。剛才她的眼神已經告訴了我一切。」

徐牧正想說什麼，覺得不遠處，有個紅色影子逐漸逼近。果然，是紅毛衣，風子忍不住笑了。

「喂，笑什麼？唱首歌吧。」紅毛衣對風子說。

「妳先唱吧，小姐。」風子向徐牧撇撇嘴，彷彿一切在他預料中，不叫徐牧唱，而叫風子唱，這一招是「聲東擊西」吧？風子順手在岩壁縫折了一小枝土馬騌投到鐵軌邊，又笑了起來。

「我是天空裡的一片雲，偶爾投影在你的波心……」她毫不猶豫地唱起來，是徐志摩的「偶然」。很美的音色，漾在冷風中，感情濃得化不開。

徐牧最怕聽這首歌，他的思潮每每因爲這首歌，而起伏得一如道旁飄搖飛揚的五節芒。大一那年，有個長髮披肩的女僑生，常用她特殊的國語發音唱這首歌，一開始徐牧還常以此開她玩笑，後來竟迷上了她的這種唱法，也迷上了她，她叫采采。

「你我相逢在黑夜的海上，你有你的，我有我的方向——」徐牧一想到采采，也就情不自禁地唱起來。

他們反覆的唱了兩遍，最後，是徐牧唱不下了……。他楞楞地看著一壁冷縮顫動的厥類植物，緩緩挪移步子，沒注意到紅毛衣正好奇地看著他：

「欸，你唱歌好好聽聽耶。」

「……」徐牧從幽邈如絮的回憶中，嗅到身旁這女孩俏麗髮梢的馥郁，突然一股衝動：「我——我再唱一首『追尋』。」

「好哇，我挺喜歡這一首。」她黑亮的眼瞳閃著喜悅，好像采采的大眼睛！

「你是晴空的流雲，你是子夜的流星。一片——深情，時時照耀著我——的心，我哪能忍得住喲，我哪能再等待喲——」

他縱懷高歌，一些些散落的雨絲在他眼簾飄游起來，彷彿又回到那一天下午，他送采采上飛機，送她回那烽火漫天，朝不保夕的僑居地，然後獨自一人關在那間小畫室裡，一遍又一遍地唱著「追尋」。他逐漸又駕馭不了那已被挑起的心緒，再一次，唱不下，便戛然而止。

紅衣女孩並未注意這一切，她快樂的接著把那首歌唱完：

「——追尋那無邊的深情，追尋那永遠——的光明。」

徐牧不再說話，紅毛衣緊緊依偎著他向前走，一切那麼順其自然。當他發現風子不知在何時溜掉時，已經可以隱隱聽聞瀑布的琤琮了。

他牽著她踩過那段長而狹窄的木板橋；她告訴他，她冷得好想哭。而橋下溪裡突兀的巨石也冷冽得早起了粗糙的雞皮疙瘩。他曾牽著采采走過一段獨木橋，采采說：叔本華和尼采一定沒有牽過女孩子走獨木橋的經驗。他卻說：哪個女孩和叔本華走獨木橋，就有變成女水鬼的機會。哦，采采，妳這片流雲，爲什麼久無音訊？叫人如此懸念。幾次在夢中見到漫天通紅的烽火，烽火映著采采的面龐。徐牧側臉看身邊的女孩，忽然風子的話在耳畔颼颼響起，恍若一陣刺骨寒風。

「虛偽、勢利、現實、耍心機——我，我看透了她們！」

他又重新打量身旁的她——風子所說的「情場老手」，於是他迅速收拾不穩的思維，開始盤算著要如何「應付」她。

通過了一關收門票的柵門，在岩石間奔騰飛馳的便是「大瀑布」了。老色又開始招兵買馬，準備在瀑布底下的巨岩上展開他最拿手的「老鷹捉小雞」之類的遊戲。

她仰起頭，看看徐牧，徐牧笑笑，懂她的意思，就順著她：

「我們往那兒去吧。」

那是一條比較僻靜的羊腸小徑，但仍清晰地傳來瀑布和岩石撞擊的四聲道立體音響。他們默默地走了好一段路。

「剛才你爲什麼要撒謊？」她突然止住了脚步，像審判官的口吻。

「撒謊？」他聳聳肩，心裡有數：「哈哈，我十句話有九句半是假的。」

「爲什麼你不肯承認自己是徐牧？」一種責難的口氣。

「爲了想和同伴一樣的自由自在。」他踩著一地的水窪和落葉，繼續前進。

「說謊是不對的，你知道嗎？」她連忙跟了上來，輕輕踢掉顆落地的松果。

「我偶爾會講幾句真心話——妳是基督徒吧？」

「是的。」她摸了摸胸前的十字架：「因此我最討厭虛偽和不誠實。」

「我也信教。」徐牧摘一片葉子，遞給她：「過去信家教，它使我能自食其力，不再仰仗父母；而目前信睡覺，過度的思考使我失眠，所以睡覺便成了奢侈了。」

「你討厭信教的？」

「哦，您誤會了。人所追尋的是一種安身立命的生命哲學，信教與否還在其次，我不反對各種教派。」

「我感到四周的人都很虛偽，包括你——徐牧在內。」金十字架在她胸前閃耀發光：「我只有在教會裡才能找到真誠。」

「其實，現代的人早已適應了虛偽，它不是物質文明所造成的突變，而是一種世世代代潛伏人體內的遺傳因子！」徐牧把手伸入口袋：「所以，我很早就知道如何運用虛偽來保護自己。」

「你很悲觀。」她抬起頭來。

「小姐，真正坦誠的心靈都是悲觀的。」徐牧瞪著她胸前的十字架，突然有一股殉道者的激動湧上來：「妳相信現在站在妳面前的男孩，是全世界最坦誠的人嗎？」

「少噁心了，你自己說過，十句話有九句半是假的。」她似乎很在意。

「剛才那句話，就是我所剩下唯一的半句真話。」

徐牧才講完就後悔了，何必和她談真假呢。學學風子的言不及義吧。

忽然，她瞇起眼，指著遠處：

「你看那瀑布，銀色的；山好綠，好美。」

「唔，是的，瀑布是銀色的，山是綠色的，唔，好美。」徐牧送了一瓣橘子到自己口中，嗯，好酸。

「你是大作家，這些景色會不會給您靈感和詩意？」

「不。什麼也沒有。我只覺得好冷。」

「對了，有人說我們學校女孩子很花，可是，我卻從來沒幹過壞事，你信不信？」

「壞事？妳指的是Sex？」

「……」她眨了眨眼睛，沒有害羞的表情。

「性是好事，壞人才把它變成壞事。」

「那你一定是壞人囉。」她抹過一層調皮的笑。

「哈哈。」他接過她手中剛喝完的牛奶瓶，狠狠拋向山澗，發出刺耳的裂帛聲：「我很土，土到連女孩子的手都不敢碰。」

「鬼才信咧。」她笑著拚命搖頭。

「事實勝於雄辯。」

「好吧……」女孩子忽然把手伸進他手掌心裡。一隻冰冷、柔軟無骨的小手。

「小姐，請把手移開。我心跳已加快兩倍了，我的手正發抖……」

「好討厭，油腔滑調！」她嬌嗔一聲，抽出他手掌中的小手輕打他一下，乾脆整隻手從他臂彎中勾了過去：「對了，徐牧，將來想幹什麼？」

「妳是否希望我回答：賺大錢，然後買福特跑天下，住洋房？」他仰望陰霾不開的天空：「或者到國外，入美國籍，拿永久居留證……」

「這個時代很現實，人人爲名爲利而活。」她說：「我的兩個姊姊都在國外。」

「我以爲女人只要愛情。」他歪著頭，看看她。

「如果有機會，難道你不想當Rich man？」

「Rich? My God,誰願意Poor，可是太多人Poor卻不自知。」

她沉默下來，他也不再去尋找話題。在一棵相思樹下，他遙眺琤琮四濺的銀色瀑布；彷彿用力過猛撥斷古箏琴絃的鏗鏘，紛亂的節拍一如無頭奔馳的情緒湧入溪流山澗裡，讓人尋不著真正的源頭。遠遠地看到老色他們正圍成圓圈在巨岩上笑鬧著；風子的獵人裝在風中拍動如鷹之雙翼，他正繞著圈子打轉，偶爾放慢步子逗著後面追趕著的紫髮帶。老色尖著脚在中央，乾脆脫下淺藍色防雨夾克猛揮，口中大喊著，徐牧豎起耳朵仔細聽，似乎在喊著：「鳳求凰。鳳求凰。」

風子旋轉著，大笑著。徐牧又想起他的話：別以爲我天生是當小丑的命……反正和這一票馬子玩玩，認真不得……。鳳求凰哪——老色嘶吼著。你我相逢在黑夜的海上——哦，采采，妳在炮聲隆隆中可安然無恙？哦，追尋那無邊的深情——徐牧良久良久才收回了眺望的思緒。

紅毛衣倚在相思樹幹上，胸前的金色十字架在樹的密遮陰影下，顯得極其安祥。這是個很引人遐思的鏡頭，徐牧低下頭，吻她的唇，她不反抗，只是挑起睫毛說：

「你——這麼輕易吻一個剛認識的女孩？」

「哦，對不起，我忘了。」

「忘了？忘了什麼？」

「忘了我應該很土才對。」

「……」紅毛衣搖搖頭笑了，她好像想起什麼：

「對了，上回你來我們學校演講，記得有位大一的女孩問你，一個人是否只能愛一次，結果你拚命搖頭，我忘了你所堅持的理由。」

「喔。因爲愛本身是一種能力，能力不會喪失的。」

「怎麼說呢？」她玩弄著手中一片枯黃了的相思葉。

「唉，小姐，現在我不想談這些，抱歉。」

說著，他便無聊的吹起口哨。吹了好一陣子，才發現自己吹的是「愛情像遊戲」。

「欸，你再唱一遍『追尋』好嗎？」她說。

「『追尋』……『追尋』，喔，不，我唱了會難過，真的。」

他又把雙手插入褲袋，彷彿褲袋裡那小小的空間可以使他暫時逃避些什麼；那低迴的吟唱——采采，一直到分手，采采還不知道我愛上她，因爲我總是這樣——吹著口哨，漫不經心。哦，好久不曾如此感傷，徐牧嘆口氣。紅毛衣垂著頭，不知想什麼。於是萬籟寂然了快半個世紀，他們被一串女高音吵醒：

「喂，歐陽敏，搞什麼鬼？大夥都玩了兩小時了，妳八成是找那個什麼青年作家——」

他們同時回頭，是氣喘咻咻的紫髮帶。老色尾隨其後，兩頰透紅，取下太陽眼鏡在袖子上抹了抹：

「該走了，到台北恐怕要六、七點呢。」

紫髮帶把紅毛衣拉到一邊，兩人耳語一陣，嘻嘻哈哈的互相拍打著。

這時風子也從岩石後面攀了上來，拍拍手上的泥灰，對徐牧一笑：

「情況如何？作家。」

「……」徐牧聳聳肩：「回去時你陪我走吧，我不想和她再周旋下去，沒意思。」

又走過狹長的木板橋，搖搖晃晃的踩過溪谷上的軌道。寒流還是寒流，只是瀑布聲已漸漸在冷風中飄逝。

老色和紫髮帶手拉手已逐漸脫離隊伍，落在最後。風子走在鐵軌上，伸展雙手力求平衡，他忽然冒出一句：

「黃珊如是個可愛的女孩。」

「誰？」徐牧揚起頭。

「就是那個紫髮帶的，很迷人。」

「那就追吧。」

「可是——老色……」

「才第一次郊遊，機會均等。」

「唉，算了，我說過，用感情的人是白癡。」

「我吻了那紅毛衣。」

「真的？哇操，還是你罩。」

「別這樣說。我對不起采采。」

「對不起誰？」

「哦，沒——沒什麼。」

●

一行人在侯硐搭上火車，直奔台北，匆匆結束郊遊。

車內水泄不通，連站位都難找。老色雖然戴了太陽眼鏡，可是仍然眼明手快，替紫髮帶搶到一個靠窗的位子。徐牧、風子和紅毛衣被擠在一個角落裡。風子興致很高，滔滔不絕像瀑布四濺。紅毛衣一直閉著眼，很疲倦，良久才睜開眼睛對風子說：

「聽你講話，真累。」

「是嗎？哈哈，我自己不累哩。」風子保持嘻皮笑臉：「喂，小姐，晚上請你看『愛情長跑』，如何？」

「噢，不行，要跑你自己去跑吧。今晚七點半我要到教堂去。」紅毛衣仰起頭，問徐牧：「你呢？晚上有其他節目嗎？」

「睡覺。我信睡覺。」徐牧平靜的說，笑笑，眼睛射向窗外。

窗外的山巒村舍在暮色漸深中已迷濛起來，在車窗所框起來的深藍色方格中，幾點稀疏在夜市裡瞬息萬變的霓虹燈已垂落眼簾。

車子到了台北，車廂裡的人群像瀑布般全瀉向車站。車站的大鐘指著七點二十分。紅毛衣急急往天橋衝：

「糟糕，我來不及了。」

老色拉著紫髮帶從人群縫中擠出來，看到徐牧，老色指了指正在爬天橋梯子的紅毛衣：

「徐牧，你怎麼不送她一程呢？」

「不，我晚上有事。」

「徐牧，這是禮貌問題。」風子湊了過來，看出徐牧的心事：「別太介意我的話，你看，那女孩在天橋頻頻向下看你，不然，我就送她去了。」

徐牧突然想到，自己的旅行袋裡還有她的一把傘呢。於是他排開擁擠嘈雜的人群，衝上了天橋。

「喂，小姐，妳的傘。」

「謝謝。」她伸長了手來接。她們之間還擠了一些竄動的人頭，他隔著這一大堆人頭，忽然冒出一句：

「我送妳去教堂吧，不然，妳一定遲到。」

「好，好。」她匆匆的點著頭。於是他又牽起她的手，飛快的衝下天橋，奔過地下道，穿過斑馬線，截了一輛計程車，她似乎不太相信：

「你要陪我去嗎？」

「可以呀。」他推著她，鑽進了後座。

計程車停在一家尖頂而有白色十字架的教堂門口時，恰好七點半。

「你要進來嗎？」反關上車門，她偏著頭，抿著嘴，金色十字架在月色中仍晶亮著。他仰首而望，在冷風中矗立在繁華而現代的台北街頭的小教堂，它的尖頂無形地向上延伸。延伸。延伸。把尖頂上纖細的白色十字架，昇上沒有太多星子而屬於未知世界的冥墨穹蒼。

「好吧。」他不由自主的答應：「但是我不懂你們的規矩。」

「沒關係，跟著我做就好。」她笑了，璀璀璨璨地。

3. 短暫的和平

紅毛衣通過走道和兩旁的熟人親切的打招呼，正前方是一個耶穌在十字架上的彩色塑像。溫暖平和的燈光和彩色玻璃相映成趣的氣氛中，寒流已被擋在教堂門外。男女老幼都安祥地微笑，雙手輕疊膝上。

「希望你會喜歡這一切。」她替他拿了一本聖經和歌本。

「妳希望我信教？」一個意念閃腦際：難道這一切是她刻意的安排？被風子說中了，她們善用心機。

「你放心好了，我從來不說服別人。」她似乎看穿了他的心事，向他微笑，他反而尷尬的擠不出一絲笑容。

突然，風琴聲起，教堂響起莊嚴的聖歌，徐牧看著五線譜有一搭沒一搭的跟著。

他一直凝視著四周這一張張象徵和平的面容，企圖在他們表情中捕捉一些或許他自己正缺乏的東西。他思索著這一種宗教力量，思索著何謂「真誠」與「虛偽」的本質。他想到伏爾泰，想到達爾文，想到所有偉人對宗教的見解。

「喂，禱告了。」她輕推了他一下，他慌忙低下頭，心裡仍纏繞著「真誠」與

「宗教」之間「必要性」的那個死結。

牧師手持《聖經》講解著。紅衣女孩一直全神貫注的投入其中。她不時地用柔荑的手替他翻查《聖經》，他可以嗅到她均勻而溫暖的呼吸，偶爾她也朝他快樂的笑笑，笑容那樣純粹的一無企圖。

當她翻到一頁「以賽亞書第三十三章」，他的眼光便停佇在這一頁上。

……行事詭詐的人，倒不以詭詐待你。你毀滅罷休了，自己必被毀滅，人行完了詭詐，人必以詭詐待你……

他細細反芻這段文字，反覆推敲著，耳根開始有些發燙，一種作賊心虛的罪惡感遍布全身每個細胞。也許她已看出他發呆的表情，便探過頭來：

「你在看哪一段？」

「哦，沒——沒什麼。」他迅速翻蓋過這一章，掩飾自己的不安，連正眼也不敢看那紅毛衣。

十點左右，一切活動結束，人群紛紛散了，紅毛衣轉身對他一笑：

「等我五分鐘，好吧？」

他點點頭，她便跑去幫著收拾桌椅、聖經和茶杯。
這時牧師走向徐牧，微笑道：
「你——第一次來嗎？」
「是的，牧師。」
「誰帶你來的？」
「這——」他一下傻住了，畢竟他還不知道紅毛衣的名字，於是他搔搔頭，傻笑。
「哈哈。」牧師笑了，搖搖腦袋：「你真的不知道誰帶你來的？」

4. 戰爭的延續

他和她走出了教堂，很冷。寒流還是寒流。街頭除了令人心悸的路燈外，連個鬼影子也沒有。
「往哪兒走？」她問。
「隨便，妳呢？」

「我搭零南，再換車回天母。」

他們上了車，他坐在她身邊，乘客只剩小貓三兩隻。他們保持一段不短的緘默。他又想起了風子：他的獵人裝和他的警告。在冷風中，還忘了關上車窗，人都涼了一大截。

「你忘了問我的名字。」她先開口，聲音柔柔的。

「喔，抱歉之至。」他裝成迷糊的樣子：「我一向沒這個習慣。」

「我姓歐陽，單名敏，敏捷的敏。」

「哦，好名字。」聲音從鼻子出來。

「我住在天母——」她似乎想暗示著什麼。

「哦，好地方。」絲毫沒有音調起伏。

「你——」她有些不悅了。

「我？天母，是高級住宅區，很多洋人，沒錯吧？」

「……」她略略思考後，說：「你下星期天有空嗎？」

「下星期天？噢，有兩個約會。」他隨便亂說。

「我想找個人陪我打保齡球。」她的眼瞳燃起一線希望的光芒。

「吃飽飯沒事幹的人，才想到那玩意兒。」

「你——你很嚴肅。」她咬咬嘴唇，快要哭出來的樣子。

「人活著嚴肅點好。」他盯著她的十字架：「不是嗎？」

「是嗎？」她恢復了笑容，摸摸胸前金十字架。

「今天好冷。」他搓搓手，故意心不在焉的看著窗外，歪嘴陰笑。

「是的，真不該出來的。」她的眼神好複雜。

「是的，簡直浪費時間。」他故意大聲說。然後故意打著呵欠，不耐煩的，然後閉目養神。

……

「到站了，喂，徐牧，陪我下車吧？」她推了推假裝打盹的徐牧。

「下車？哦，哦，妳自己下去吧。不送啦。再見。」他自以爲很「徐志摩」的揮揮衣袖：「再見。再見。」

5. 戰爭後

他獨自在終點站下了車，把雙手插入口袋，去尋找那小小的逃避空間。一如尋不著安身立命之處的浪人，彳亍而行在寒流吐納、冷風疾馳的橋上。吹聲口哨吧，可是，哨音卻在寒流中沙啞了。唔，又想到了風子，一個恨透獵物，卻又禁不起誘惑的獵人，有著小丑哲學的堂倌，難道會為了紫髮帶而魂不守舍一星期？老色呢，這色鬼是否早已擬定下一次的戰法和戰場？採取「欲擒故縱」還是「直搗黃龍」？選擇咖啡廳還是電影院？呵呵，可笑的遊戲。於是他又想瀟灑的朗笑幾聲，而笑聲呢？笑聲竟也被凍裂了，裂成一絲一絲，像飄搖飛揚的冷雨。咦，有個紅色的影子，為什麼她那純粹而一無企圖的笑靨竟一直逡巡在我每條腦紋裡，再也擺脫不去了。那金色十字架在風中搖曳著微光，映著橋下粼粼溪水，他咬咬冰涼乾澀的嘴唇——吻過一個剛認識幾小時的女孩的罪惡之唇？以賽亞書。馥郁的髮香。采采，哦，采采。斷了絃的瀑布。晴空的流雲，子夜的流星。喔，小丑又曖昧地咧嘴而笑：女孩子最厲害的武器就是只因為她是女孩子，你毫無反抗的被她吸引。他的嘴唇哆嗦起來，他的一雙腿遲滯下來——未曾啜飲醇酒的芬芳，何以竟酩酊如斯？石橋在冷霧中已混淆不清。何來清晰的歌聲縈迴繚繞，像逡巡在腦紋裡紅色的雲翳，纏聲久久不散——是「偶然」，又是「追尋」？唔。美得令人目眩的音色浸滲著濃得化不開的感情，哦，她叫歐陽敏？用感情的人是白癡！風子吼著。這一切一切都像彳彳亍亍的夜風般幽邈了、淡逝了。他突然又想到那個人——巴爾札克，他是否也曾在如此霧冷的橋上彳亍而行，而體悟出那句：生命的最高目的，男人爲名，女人爲愛情？今夜，這句話真叫我懷疑，老巴，你這個十九世紀的觀念還能用嗎？徐牧聳聳肩，漫漫寂夜已完全籠罩住前面的橋頭了。

——選自遠流出版《試管蜘蛛》

6. 戰爭的延續

……………
……………
……………

3

國中女生

1

昨天是我十五歲生日，我故意把這一天給忘了，反正也不會有人記得。所以我過了一個寂寞安靜的生日，可是，秀秀，你真的也忘了嗎？我想知道。

2

Happy Birthday，小莉，我哪會忘記你的生日。我只是假裝不記得而已。因爲你前幾天問我說，你怎麼又生病了？我不喜歡你用那種口氣。你該問我，好一點了沒？是不是？你的生日禮物在一星期以前就準備好了，我放在你的抽屜裡。

另外那條裙子也替你改好了，家事課最大的收穫就是證明我也可以自己裁衣服了。

3

謝謝你的背包，秀秀，如果我是男生，一定要娶你做小太太，因爲你實在善解人意。

上午在廁所撞見李姍在發飆，帶兩個女生打人，我瞟了她一眼，她指著我，好像要我小心。

4

李姍那些人曾經剪別人的眼睫毛，很殘忍。她們有大鳥在撐腰，所以很囂張。你最好不要惹她，小莉！

你知道那次我們和阿寶那班小男生打躲避球，結果球滾到大鳥那一班，大鳥怎麼整阿寶嗎？

阿寶說，大鳥要他對著他們的課表敬禮，因爲他們課表上的老師名單如下：

國文老師——聖戰士

音樂老師──張雨生

體育老師──鄭志龍

理化老師──E．T

英文老師──麥可．傑克森

數學老師──天才老爹

班長──乖乖虎

然後大鳥那班要阿寶唱「我的未來不是夢」，又要學麥可．傑克森唱「你給我的感覺」，又要學鄭志龍雙手灌籃，學E．T笑。

最後他們要阿寶脫褲子，看他褲子裡的球。

阿寶被他們整哭了，可是刀疤不但沒有處罰大鳥，反而對阿寶說──你自己要小心一點。

所以，沒有人可以救你，如果你惹了李姍或大鳥。

5

秀秀，你不用替我擔心，我知道大鳥和李姍怕誰。

我看不慣他們在學校橫行霸道的樣子，他們也不敢惹我。下次我帶你去一個大鳥和李姍常去的地方練練膽子。

6

小莉，昨天晚上聽「夜半歌聲」，主持人說：

「我們經常在黑暗中追逐一種孤獨的感覺，孤獨就像一種藏在口袋的小精靈，走到哪裡，跟到哪裡。孤獨就是長在庭院的九重葛，攀附著自己往上爬，孤獨也是隨風而倒的小草。」

我仔細品嚐主持人的話，感到很有哲理，不過更有趣的是，主持人唸著：

「底下是明倫國中二年五班阿寶同學所點的歌，他說要把這首歌獻給三年八班的吳茉莉同學。」

小莉，你猜阿寶送你什麼歌？竟然是羅大佑的「無言的表示」。

我打電話想通知你，可是你沒回家，那麼晚了，你去哪裡玩啊？我很擔心你。

7

秀秀，什麼是孤獨？孤獨就是一種擋不住的感覺，一種不想再和世界爭辯的感覺。

我不喜歡阿寶老是跟著我的感覺，他太小，應該去吃兒童速體健。

我終於認識了那個大鳥和李姍最崇拜的人，他叫「小九」。

小九給人一種擋不住的感覺，他很酷，很帥，可是也很溫柔。尤其是在那種地方，整個空間充滿了雷射光影和吼叫，每個人感到天旋地轉，夾在人堆把雙手伸在空中揮啊揮的，好像隨時會變成升空的泡沫，在最美麗的一刻就破了。秀秀，你應該跟我來玩的，不要再去想升學考試，不要把自己困在小小書桌前，聽那個「夜半歌聲」主持人胡言亂語。

我知道，我只要打進小九那夥人的生活圈，大鳥和李姍就不敢再做怪了。

相信我吧，秀秀。

8

小莉，阿寶實在是一個癡情的少年啊。他最近去找三年一班的杜以康，就是大家叫他情報局局長的那個天才學生。阿寶問杜以康要如何追到你，你猜杜以康的建議是什麼？他要阿寶隨身帶一把梳子，改變髮型，變得「酷」一點。

如果下次遇到阿寶，他不會再用遙控車載情書來給你了，他會給你「酷」一下，小心不要笑掉了下巴。

9

小莉，你怎麼又遲到了，你知道風紀股長宣佈遲到的人要在午休時間唱歌給全班聽的。你不要不在乎，我替你緊張，最近在搞什麼嘛，小莉？

10

小莉，那天阿寶果然改變了造型跟蹤我們時，你忽然在他面前吻了我，把我嚇了一大跳，也把阿寶嚇跑了。

你猜你吻我的時候，我第一個閃過腦袋的字是什麼嗎？是AIDS。

11

小莉，你好久沒寫紙條給我了，你在忙什麼？

最近爸爸的股票大概又跌了，火氣很大，昨晚和媽媽吵架，媽媽順手把裁縫桌上的尺拿起來和爸爸打架，爸爸搶下那板尺追打媽媽。爸爸逢人便談他和別人相反的高買低賣原理，一旦漲了，他會覺得他是世界上一流的金頭腦，如果跌了，他又會大罵股票市場虛胖不合邏輯。

最近他買的股票全都被套住了，我們全家都沒好日子過了。

阿丹問起我要不要參加他指導的舞台劇，我說要考慮，因爲輔導課上完太晚了，我希望多一點時間復習功課，我知道以目前的成績是考不上高中的，但是我還是想試。

今天走在街上聽到重金屬搖滾樂唱的「倒數計時」，聽得整個人心在狂跳，所剩的時間不多了，一切都在倒數計時。小莉，我開始有些心慌了。

12

秀秀，昨天我們要進咖啡店時遇到我老媽，我立刻帶你離開，知道爲什麼嗎？

我老媽最怕在別的男人面前遇到我，她怕人家知道有我這麼大的女兒。如果你在街上遇到她和我，你一定要說，哇，你們真像一對姊妹呀。她就會笑得心花怒放，說，哎喲，都快四十的人了。不過，很多人都醬子說。

下次一定要帶你去KISS，土豆也要開一次花吧？

13

秀秀，昨晚和小九他們去土雞城喝酒，真是很鬼魅的夜啊。喝了酒以後，開心死了，覺得世界變得好棒，我像長了翅膀的天使，想飛上去。世界好像一個發光的球在轉，星星好亮好清楚，車燈啊街燈啊全都亮了起來。

秀秀，你應該出來的，不要躲在你的小房子裡。

秀秀，我好感動，真的，眼淚都止不住了。

14

小莉，你不應該和數學老師頂嘴，他已經告到訓導處了。

15

秀秀，我們不要再被別人用言語侮辱了。數學老師在下課後還繼續抄黑板，並且說：「我都不急你們急什麼？是看得起你們，不放棄你們，才肯這樣教，別的老師有這麼不計成本嗎？」秀秀，你能不生氣嗎？

16

其實他說得沒錯，除了阿丹的理化和他的數學還在教，其他老師早都放棄我們了。

你不應該和一個對我們比較認真的老師計較，這次是你的錯，應該去向他道歉。

17

秀秀，你不必教訓我，阿丹已經把我海罵了一頓。他把我的週記丟到地上說，你是從好班轉來的，你本來可以在最好的班，你自甘墮落，現在連週記也不交。

你猜我週記上寫什麼，我告訴你。

國內、外新聞——天下本無事，庸人自擾之。

週訓與實踐規條——人是為愛而活。

師長訓話——失敗為成功之母，反省為成功之父，父母結合，才能生出成功之子。

得失記載——人生有得必有失，有失必有得。

秀秀，我不是故意的，因為最近我陷入了一種起伏的心情中，無法控制自己。

18

秀秀，我真的戀愛了，我真的愛上了小九。

你知道戀愛是什麼嗎？

戀愛就是和你所愛的人坐在大屯山頂，台北的燈火全在你們的腳下，那一刻，你可以爲愛跳下去，讓自己沉入城市的燈海裡，游啊游啊。

戀愛就是像一大堆往天空飛的蜂炮和煙火，在天空稍縱即逝，可是卻在天空留下了永恆，永不後悔。

戀愛就是天際初露的晨曦，那一道道的光環沒有被大地污染，純潔乾淨的日初，每天都一次。

這世界還好有日出。

這世界還好有戀愛。

戀愛真好，像日出一樣美好。

19

小莉，到處找你，找到了東門町的電動玩具店。

遇到局長杜以康、阿寶和李姍。局長玩雙截龍，大家都圍著他看，他很厲害，後來我們四個人便玩在一起了。

我送給阿寶一樣家事課做的鏡框，騙說是你送他的，他樂得幾乎要哭呢，別怪我替你做，因為阿寶怪可憐的。

小莉，李姍說，和小九混的女人都會死得很快、很慘，很難看。李姍還說，你準備給小九吃幼齒補眼睛。

小莉，為什麼還執迷不悟？

20

小莉，聽說阿丹狠狠的打了你一頓，要你說出有關小九的事，而你卻和他頂嘴。

小莉，阿丹的確問過我有關你和小九的事，我不是要出賣你，我是認為你不應該為了小九和全世界的人做對。

21

秀秀，我不會原諒你把小九的事告訴阿丹。

22

秀秀，愛上一個人，很嚴重，有什麼不好？

23

秀秀，我走了，再也不要回到這個虛偽的地方，學校和家庭都令我傷心。我本來以爲只有大人們最卑鄙，當他們心情好時就對你施捨一些同情心，說愛你、尊重你。可是當他們心情壞時就找你捶一頓出氣。

可是，當我真正尋找到我所要的感情時，連我最好的朋友都嫉妒我、背叛了我。

當全世界的人都背叛了自己的快樂，不敢去爭取它的時候，我決定不顧一切的去追求它，像一隻沖向天空的蜂炮，直到毀滅。可是它卻把自己那麼燦爛的炸在夜空中，有一點點的光，可是卻不後悔。

不能再給你傳字紙了，別了，我的好友，請多保重。

24

小莉，雖然你不告而別，但是我暫時還改不了給你寫字條的習慣。

昨天我讀到一本書上描寫一種酒，叫苦艾酒，加蘇打，很淡。如果把水倒入苦艾酒，就會變成乳白光的雲狀物體，然後酒的黃色成分消失，溫度由熱變冷，當你雙手捧著酒杯，彷彿心也逐漸冷卻下來。

小莉，自從你走以後，我的心也逐漸冷卻下來。

小莉，你找到快樂了嗎？找到了，就傳給我一張紙條，好不好？告訴我快樂的感覺。至少，讓我知道你還活在這個地球上。不然，我會忘掉你，甚至會以爲你已經像煙火一般消失在夜空中。

或許，你真的戀愛了，或許戀愛真的那麼美好。

25

小莉，我真不忍心看到你那空空的桌椅，也不喜歡別人坐在你的座位上。

26

英文老師發明一種用英文歌來教課，像"My Love"可以練習比較級，"Tennessee Waltz"可以練習過去式。

大家都唱得好快樂，可是，我卻老是在想，如果你在，多好。記得上學期你用英文寫週記，寫一個叫做"Dangerous Mary"的故事，老師還誇獎你寫的很好。你問我，危險瑪麗是誰？我說你寫的就是你自己。

你笑著說，不愧是死黨。

小莉，我們永遠還是死黨的。阿寶對你也永遠死忠的。

27

小莉，我最近常去東門町的電玩店，局長、阿寶、李姍和我已經成了狐群狗黨了。局長實在是個天才，他可以用一些簡單工具對付那些「水果」的吃角子老虎，然後全盤水果出現，分數急速上跳，我們贏了許多啤酒。

那天，我們喝了太多啤酒，就一夥人回到學校去。

我們用手電筒照著校園的每個角落，阿寶在我們的教室發現他寫的情書被你釘在公布欄，他說：「天哪，這都是我寫的嗎？我真替自己感動，只可惜打動不了小莉。」雖然你走了，我們都捨不得把情書撕掉，想你很快就要回來的。

記得阿寶的那封情書嗎？他說：

初二敢追初三，是地對空飛彈，因為愛情是沒有年齡界線的。我的爺爺就比奶奶小五歲，一輩子幸福美滿。將來我的志願要當外交官，因為我國的外交需要人才打天下，你願意成為外交官夫人嗎？

阿寶用手電筒照著他自己寫的情書，大聲朗誦著。

後來阿寶又跑到訓導處去翻刀疤的抽屜，還一直說：

「怎麼全是記功記嘉獎的，我喜歡看到有人記過。」

小莉，你猜我做了什麼事？我拿起掛在走廊牆上的消防滅火器沿著走廊噴灑，我從來沒有做過這樣瘋狂過癮的事。事後，我看著牆上的白色泡沫正一點一點幻滅，忽然想大哭一場。

我看著遠處有些燈光的活動中心，阿丹在那個地方排演舞台劇，燈光在黑暗中隱隱透出來，對我有著一種奇異的吸引力，很想看看她們在排演什麼？

就在這時候，全校的電燈忽然亮了起來。阿寶在訓導處模仿著刀疤的聲音說話，還用麥克風呢。他說：

全校師生請注意，我是訓導主任刀疤。經過一次不流血不流汗的革命，目前我已佔領學校了。現在我任命二年五班陳金寶，綽號阿寶，佩備烏茲衝鋒槍一把，掌管全校師生的生殺大權。凡是觸犯以下事情者，一律格殺勿論，先斬後奏：

（一）偷吃檳榔者。
（二）偷吸洋煙者。
（三）隨便說髒話者。
（四）亂釣馬子亂勾幸子者。
（五）把電動遙控車帶到學校者。
（六）下課以後到東門町打電動玩具者。
（七）考試不小心就考一百分者。

阿寶還放了一首愛國歌曲鼓舞民心士氣。

更絕的是局長杜以康和李姍兩個人的手指上套滿了啤酒罐的拉環向我們宣布：

「我們正式訂婚了。」

多麼瘋狂的夜晚呀。小莉，如果你也在，該多好玩。

28

小莉，我真不敢相信，昨晚在聽「夜半歌聲」的時候，竟然聽到主持人說：

「有一位自稱是小莉的女孩要點一首歌給她一位失去聯絡很久的好朋友，並且對她說一聲『抱歉』。下面請聽羅大佑的『無言的表示』。」

小莉，我終於能痛痛快快的大哭一場了，我哭得很像隔壁的嬰孩哭法，因爲你還活著，活在某一個角落。

沒有人聽到，因爲媽媽睡熟了，爸爸的股票又垮了，他喝得爛醉如泥倒在沙發椅上。

29

小莉，我今天當值日生，一個人留下來擦玻璃，我用舊報紙把玻璃擦得發亮，亮得像一面沒有一點灰塵的鏡子。

我以爲，把玻璃擦亮了，就可以從窗子望出去，就可以看到你走過來。

30

小莉，我想參加阿丹的舞台劇排練。我看到同學們練習幾種動作，一種是講「我愛你」和「我不愛你」，另一種是表演在鏡子前的相互模仿。

阿丹說表演是一種學習，也是一種遊戲。有時候是學習如何表達別人，把自己變成別人的一種遊戲。表演教你去注意周圍的世界，去關心很多生活的細節。

小莉，沒有你在，覺得一切生活都很無聊。

31

我鼓起勇氣去你曾經帶我去過的KISS，希望能遇到你，這是我第一次單獨去那種地方，我下定了決心。

我沒有找到你，可是我見到了小九，他身邊有好多女孩，但是都不是你。

我想問小九有關你的事，可是當小九一步步走向我時，他那種眼光一直摧毀著我好不容易才鼓足的勇氣。

最後我信心徹底崩垮，我逃出了KISS。

你沒有跟著小九，可是，我更加害怕了。

32

阿丹向我表示他的內疚，他常問我有沒有你的消息。

他說你是在他打了你之後才離家出走的，他有很深的罪惡感。他說在打你之前，還拿出你媽媽簽了字的「體罰同意書」，他說你媽媽特別在同意書上寫只能打屁股，可見你媽媽還是很關心你的。

小莉，這世界不如你想像的無情。

33

小莉，今天我和你媽見面，你媽說你曾經打電話回家，是弟弟接的，而且還寄過一些玩具和文具給弟弟。有一張字條上寫著：

就當沒生我這個女兒，放棄我吧。

你媽當時正在說服一對夫妻買房子，說了一大堆風水、方位、誰住誰發的龍穴……。她給了我一包從你抽屜翻出來的雜物，我就跪在角落一樣樣清理。有原子筆、耶誕卡片、謝卡、信封、夾子，還有一個藥罐和一張女孩的畫像。那張用鉛筆素描的畫像上面還夾了一張我唸幼稚園的照片，你畫的那個女孩就是我啊。

你畫得非常仔細，不像你平常一副不在乎的樣子，我無法想像你的耐心從那裡來的。

小莉，我跪在地上捧著你畫的素描，心裡有說不出的激動。你在什麼時候拿走了我那張幼稚園的照片？

小莉，你媽好像真的放棄你了，可是我沒有放棄你。

小莉，我一定要找到你。

34

小莉，局長、阿寶和李姍都贊成我的想法，我們決定分頭去你，李姍說她知道有幾個地方是小九常出現的。

小莉，我們真的要救你，請相信我們。

35

阿寶跟蹤小九到了一家彈子房，他也看到了大鳥那些人。阿寶說他還和大鳥打彈子，大鳥硬要他拿出五百塊來賭，阿寶輸掉了他這個月的零用錢。

不過後來小九走了，阿寶就沒跟上了。

36

阿寶和我去一家亞伯特酒廊，見到小九和他的跟屁蟲走進酒廊，可是門口的保鏢不讓我們進去，還指著旁邊說：

「賓館在隔壁啦！帶查某人來這裡幹什麼？小心打得你滿地找牙。」

小莉，你知道我看到什麼了嗎？真恐怖呀。我真的看到一個背著書包的國中女生走進了賓館，那個女生長得很清秀，瘦高，頭髮長長還捲起來。

小莉，你在哪裡？我看到了另外一個濃妝的少女陪著一個中年大肚子的男人從酒廊出來，我忍不住問她：

你認識一個叫小莉的女孩嗎？

結果那個少女就笑著說：「全天下有幾千個小莉。」

小莉，這世界上有幾千個小莉，可是我們要找的，卻只有一個。

37

「夜半歌聲」的主持人說：

「人生就好像一場賭局，我們總是輸完了全部的財產才能離開。」

小莉，你聽到我為你點的那首歌了嗎？我仍然點了「無言的表示」，希望你能聽到。

38

如果你看到我在排演課的表演，一定會笑得胃痛，你知道我演什麼嗎？我演一個在巷子口拉客的小妓女，顏肥演那個客人。

我是從這些日子裡見到、聽到後學來的，我講一遍給你聽：

「少年仔，來嘛，裡面坐，有MTV看，還有小姐可以隨便你摸，爽呢！五百塊看一支，我看你是在室的，打八折。有小姐，就像我這樣漂亮的，讚呢，要不要試一試，給你摸一下免費的，拜託你摸一下，來嘛，有看又有摸呢。」

顏肥被我拿掉眼鏡，又拉得團團轉，好糗好糗。

我這才發現自己很有表演天才，可以變成梅莉史翠普，或者鍾楚紅。

阿丹說我很有潛力，他要我演女主角。我們打算排演一幕「聖戰士」，由五個青銅鬥士大戰聯考魔女，很好玩呢。

阿丹說如果我化妝起來，一定很有魅力。

今天的表演給了我好多信心，我想我敢去面對小九他們那幫人了。

39

小莉，你玩過一種叫「超級兄弟」的柏青哥嗎？

局長今天召集了阿寶、李姍和我到電動玩具店，並且決定要主動出擊了，他拿出一張地圖講解幾個集合地點，計劃一次深入虎穴行動。

局長對我說：

「林春秀，你現在就是這一顆小鋼珠，我們把你彈出去，你要躲過很多陷阱，要躲過皮帶的磁力，還要閃過小老頭和小動物的干擾。你只有一次機會，一口氣衝到那個「V」字形的入口，那就是小莉住的地方。」

阿寶亮出一個呼叫器說：

「從老爸那兒借來的，一有狀況就呼叫我們，我們會一路跟著你，暗中保護你。」

40

小莉，局長正在研究你抽屜裡那一罐藥，竟然是一種過敏藥，是很少見的過敏藥。

另外局長也從他老爸弄到一些強力鎮靜劑，溶於酒精不溶於水，他要我帶著以防萬一。

是誰過敏？小莉，你從來沒有過啊。

41

出發前，媽媽替我縫一件低胸的衣服。我騙她說是學校排演用的。媽媽一直嘀咕說，就要聯考了，還要演什麼戲。

如果媽媽知道我要去做一件更危險的事，她一定會發瘋的。

42

小莉，我很想知道你說的那種像日出一樣的戀愛感覺，所以我要局長、阿寶和李姍陪我去大屯山。

這天大屯山的霧氣很濃，整個山陰濕濕的，好像下過雨。

阿寶帶了一個睡袋要給我用，我沒用，阿寶就自己躲在睡袋裡了。

李姍帶了很多零食，瓜子、乖乖、話梅、巧克力、法國麵包，好像上山過年一樣。她帶了一包冰凍了四個禮拜的蜜餞，說是烹飪課留下來的，沒人敢吃。

一整個夜晚，都有蚊子咬我的腿，倒是局長和李姍，反正他們「訂過婚」了，所以抱在一起吻來吻去，好噁心。大概他們有戀愛的感覺吧，我可是沒有。

黎明到來那一刻，天空都是烏雲，見不到一點金光，大概要下雨了。

日出的感動泡湯，就像戀愛的感動一樣。

還是阿寶聰明，他鑽在睡袋裡睡了一大覺，起來以後精神飽滿，不愧是個童子軍。

43

小莉，如果你能看到我這張字條，就算是我的遺書了。如果因爲找不到你而遇害，就用這張字條做爲證據吧。

小莉，不管你在多遠的地方，我來找你了，就算跟你一樣毀滅也甘心。

就像你說的，是一種決心，一種快樂。

親愛的爸爸、媽媽、姊姊們，我想跟你們說一聲。好慘，我竟然不知道要對你們說什麼。

44

小莉，我和小九在彈子房打球，他們都朝著我的胸口瞄，我知道是因爲媽媽那件低胸的洋裝。

阿寶、局長和李姍在對面的街口等待。

我是一個已經被彈出去的小鋼珠，無法再回頭了。

45

和小九在迪斯可跳舞，小九說，現在放的音樂是Kenny Rogers的"Candy"。他在我的耳邊說了很多英文的歌名，他的熱氣正燒著我的耳朵，我相信我一張臉是滾燙的。

小九是一個令人難以抗拒的男人，我終於懂了你說的那些感覺，他很溫柔，很帥，很酷。

當我故意不小心問起有關你的消息時，他故意罵了你兩句就避掉了，他比我聰明多了。

46

我喝了酒，也吸了他們給我的菸，一種有奇怪香味的菸。他們說酒叫長島冰茶，他們說了很多下流話，我都聽不懂，越不懂，他們笑得越開心，小九還阻止他們笑。

本來李姍還在附近的，現在也被甩掉了。

我完全和他們失去了聯絡。

小莉，我越來越暈了，可是也越來越清楚你所走過的路了。小莉，我感到越來越接近你了。

47

現在的感覺像在爬一座山，比大屯山還高的山。
一直爬啊爬啊的，爬到山頂的時候看到一些小野花，嫩黃色的，水藍色的，很少，也很小。沒有太多的草，有些大大小小的石塊。
我坐在石塊上吹著山風，心裡有一種失落的感覺。
我沒有力氣往下爬，因爲我已耗盡了所有力氣。
上了山，卻再也不想下去了。
我想往下跳，跳下去就結束這場小鋼珠的遊戲了。

48

我又被帶到一個地方，好像是小九的家。
他們在幾杯可樂中分別滴了神仙水，他們說喝下去就快樂似神仙了。
我喝了，我沒有不喝的藉口。

我趁機溜到小九的臥室想找你的電話、地址。結果不但沒找到，還看到一些很可怕的東西，一個面具、一條皮鞭，還有一罐和你抽屜找到一模一樣的藥罐子。是小九會過敏嗎？

小莉，我要開始像你一樣墮落了，我整個身體要飄浮起來，可是頭又要往下沉，往下墜，像要爆發的火山一樣。

小莉，你一定來過這個地方，也一定喝過神仙水。

小莉，你還做過什麼事？快告訴我，我對自己的未來一片空白，我完全失去了援助。

局長、李姍、阿寶都不知道去哪裡了？

我要想辦法打阿寶的呼叫器。

49

小莉，注定要和你一起毀滅了。

他們都走了，只留下小九和我。臨走前大家都說要把我「炒螺肉吃蛤仔」。

我不懂他們的暗示，可是卻從字面上來想，如果被人放在熱鍋上當螺肉來炒，被當蛤仔來吃，那是多麼恐怖的事。

小莉，我快變成他們嘴裡咬著的螺肉和蛤仔肉了。

50

我打了呼叫器，可是當有人再撥電話回來時，卻被小九接到了。

他們說要找小莉，小九告訴他們去阿伯特酒廊。

啊，知道小莉的地方了。

小莉，你會在那兒嗎？

小莉，你會來救我嗎？

51

小莉，記得國文有一課，是愛因斯坦寫的，說：

人是為其他的人活著，主要是為了我們所關心的人的笑靨和生活，此外也為一些並不相識的靈魂，因為同情的絲帶把我們與他們的命運繫在一起。

小莉，你一定會很清楚，當我躺在小九的床上，當他一直要吻我，要撕開我的衣服時，我都是爲了我們那段曾經有過的友誼。

當我看到你爲我畫的素描時，我知道人世間有一種最珍貴的東西，那就是友誼。

我們彼此關心對方的笑靨和生活。

可是，小莉，你還有那清純可愛的笑靨嗎？

52

我終於掙脫了小九，把他關在臥室的門外，我上了鎖，我決心不讓他再碰我。

小九發了狂似的踢打那扇門，說他過敏發作了，要我給他那瓶藥。他哀嚎著、兇狠著，可是我都不開門。

我很想同情他，可是恐懼使我全身顫抖，緊緊抵住那扇門怕被他撞開來。

53

小莉，當一切都靜止後，當地球好像停止運轉後，我竟然聽到了你的聲音，你好像在問，秀秀呢？秀秀呢？

你的聲音越來越近了，我真不敢相信，是你在呼喊我嗎？是你在一步步走近我嗎？

我把臉緊緊貼在那扇門板上，你的聲音就在我的耳邊，你說：

「秀秀，你還好嗎？他們有沒有對你怎麼樣？」

「秀秀，秀秀……」小莉，你一直很擔心而緊張的叫著我，可是我卻答不上一句。因為我太高興了，因為你終於出現了。

我打開了門，你就站在我的前面，你好像變了一個人，好濃的妝，也比以前胖了點。

我忍不住又哭了。

不是委屈，也不是恐懼，而是看見你還活生生的站在我的前面，我終於找到你了。

小九向你要求拿那瓶藥，你竟然給了他，然後你就帶著我離開了那個骯髒的地方。

你說，永遠也不要再回來了。

看著小九蹲在地上忙著呑藥的樣子，他再也帥不起來了。

你拉著我的手走出大門，天已濛濛亮。如果在大屯山頂，或許可以看到很清楚的日出呢。

清道夫已經清掃昨天留下的一堆垃圾。

你說，要打個電話給阿丹，說我不會怪他的，並且告訴他，明天就要回學校去上課。

54

小莉，距離聯考還有七十八天，又要開始心慌慌的上課了。

你回來了，真好，有說不出的好。

55

秀秀，好久沒給你傳條子了。

今天在升旗典禮的時候，刀疤很認真的說：

「最近有同學告訴我，許多同學上廁所都不洗手，好像要替學校節省水。我要提醒各位，本校別的東西不多，水可是很多，你們平時要多洗手，多喝開水，少喝汽水。」

秀秀，從前多麼討厭刀疤，可是當我回到學校以後，看到每一個人，聽到他們說的每句話，都想笑，覺得他們都好可愛。刀疤在講這些話，台下笑得最大聲的那個人就是姑娘我。

新世紀少兒文學家

小　野

刀疤應該給我記個功來抵從前的那些過才對。

——選自遠流出版《戴太陽眼鏡的P.S.小姐》

4

強暴

——民國五十年，西元一九六一年的台北，透過一個當時才九歲孩子的日記，我們可以復習一些事情——

民國五十年一月八日（日）晴

今天是星期天，從早到晚都沒出去玩。早上我和弟弟學講台灣話。因爲同學中只有我是外省人，雖然學校規定不准講方言，可是沈老師只用台灣話上課，我聽不太懂。

民國五十年一月九日（一）晴

放學回家，一路上都看見市議員候選人的宣傳單，一下用國語，一下用台語，一下又唱起歌來。我們撿了很多宣傳單，折成方形的ㄤˋㄚ（尪仔）標，相互拍打。

沈老師在一輛宣傳車上替一個候選人宣傳，那個人是無黨無派的。我和他打招呼，他向我招招手。

沈老師用很大的聲音在喊叫，有人就說他在造ㄧㄠˊ，爲什麼說他造ㄧㄠˊ呢？

爸爸批示：造謠就是說謊騙人，大概沈老師說了一些不對的話吧？

把謠字寫一行。

民國五十年一月十五日（日）晴

今天是第五屆市議員選舉的日子，早上九點多，我陪祖母、爸爸、媽媽去投票。

下午媽帶我去看電影——「雪峰魔女」，是打鬥片，打的很緊張，可是看到一半，忽然寫著「請看下集」，我真是著急死了。

爸爸批示：打「得」很緊張，下次不能再錯。

民國五十年一月十六日（一）晴

第五屆縣市議員當選名單公布，第二選區（雙園、龍山、城中、古亭）最高票是宋霖康。他是省議員落選的人，今年又來選市議員，別人同情他，就選他。

爸爸批示：你的字越寫越大，塗改也越來越多，每天靜下來寫一點日記，為什麼不好好寫呢？孩子，你不小了，九足歲了，國民學校三年級了！

媽媽批示：請你把那些市議員候選人的宣傳單收好，不要滿桌子、滿地丟。

民國五十年一月三十一日（二）晴

這學期結束了，老師發成績單，一人發三本簿子寫功課，我看了看成績單，我是第一名，我高興極了。回家後，沒有吃飯，坐在椅子上發呆。

今年的寒假，除了背九九乘法、畫圖、寫毛筆字、作勞作外，還有一件就是，我想研究一種世界上沒有的東西，來發展我國的科學。因爲美國、蘇俄有原子彈和火箭，我們沒有，只得向他們買。他們有好的也不肯賣給我們。我國的科學多麼不發達呀！

我希望我能利用寒假有好的發明。

爸爸批示：你能拿第一名，爸爸很安慰。如果想要發明東西，我也可以幫助你。祝你成功。

媽媽批示：媽媽也恭喜你。明天帶你去看「雪峰魔女」下集——「五毒白骨鞭」和「活骷髏」兩部電影。

民國五十年二月二十四日（五）陰雨

今天是開學第二天，上午ㄐㄩˇ行正、副班長候選人政見發表大會。每個候選人的政見都說的很好，不過國語講的都不大好，因爲他們都是本省人呀。每個人都在拜託同學支持自己。

我已經當了兩年班長，老師說每個人只能連任一次，所以我沒法再參加選舉。沈老師說我們是一個民主國家，有ㄒㄧㄢˋ法，每個人從小就要學民主、法治，我們覺得好好玩。爸爸，什麼是ㄒㄧㄢˋ法。

爸爸批示：憲法就是國家的根本大法，每件事情都要按照憲法來做，像選舉就是其中之一。

請你把憲法的憲字寫一行。

媽媽批示：今天二姊牙缸內的番茄少了兩個，是不是你拿的？

我的話：二姊最會ㄩㄢ枉人家，她吃完了還向弟弟要，最不要臉。

媽媽批示：冤枉的冤字寫一行。

爸爸批示：你的「得」和「的」字又搞錯了，請你自己找出來。

民國五十年二月二十五日（六）陰

今天競選班長，沈老師做了一個投票箱，把空箱子給大家看，說選舉一定要公正。我被老師派做監察員ㄐㄧㄢ唱票員。唱完票，許同學十七票副班長，王同學二十一票當選班長。同學們都圍住這兩位當選人。

沈老師說，從今天起要讓大家學民主，所以王同學責任重大。

民國五十年三月八日（三）雨

今天是「三八婦女節」，是女人的節日，所以我沒去管它。爸爸一大早去台中出差，晚上沒回家，要明天早上才能回家。

可是半夜，爸爸冒著大雨回家。媽媽起床煮ㄒㄧㄠ夜給他吃。

爸爸說有個人跑了，沒抓到。我覺得很奇怪，準備明天問爸爸。

媽媽批示：大人的工作，小孩不要管閒事，也不要問。爸爸是為民除害，是神聖的工作，但是不要亂講。

民國五十年三月十四日（二）陰

兒童節快到了，那天台北市要舉行一個兒童聯歡晚會，本校的節目是演話劇，由本班導師沈老師負責導演。都是由五、六年級的同學表演，沈老師要我也參加。

我們到六年丙班的教室集合，一個胖胖的姓歐的男生演富翁高大財，一個長得很漂亮的女生叫劉惠珠演高大財的太太，我演高大財的兒子。另外一個長得黑黑的男生演俄國大鼻子，一個很醜的同學當共匪，兩個很瘦的男生演大陸同胞。

沈老師要我們回家把自己講的話背下來。

民國五十年三月三十一日（四）晴

明天就要月考了，我一切都沒準備，因爲每天都要排戲呀，明天要預演，後天就要比賽了。沈老師說，我們一定要爲校爭光，可是難道就不必讀書了嗎？不行！不行！我這次月考一定要第一名，所以我晚上一直溫習功課。

爸爸批示：月考很重要，希望你要知道，不要糊裡糊塗、腦筋要清楚。

媽媽批示：明天會早一點叫你起來溫習功課。

民國五十年四月二日（日）晴

今天是決賽的日子，到了中山堂，是第五個節目。我心裡很慌張，臉上塗白粉，嘴上塗口紅，像女生一樣。沈老師說在台上燈光太暗，觀眾看不到。我們互相笑別人塗得白白的。

上台時我的腿一直發抖，心跳很厲害，可是爲了要讓爸媽高興，就努力表演。我一直向樓上看，希望看到爸媽的影子。

回家後才知道爸、媽都沒去看我表演，這都是因爲票不夠，他們吵架。吵完架，媽媽就一直沒回家了，我們好緊張。

比賽結果我們沒有得到名次，劉惠珠哭得很傷心，眼淚在白白的粉上，共匪和大陸同胞一直安ㄨㄟˋ她，沈老師也拍她的肩ㄅㄤˇ說請大家喝汽水慶祝。

爸爸，我們沒得名次爲什麼還要慶祝？

爸爸批示：我想大概是慶祝你們表演成功吧？成功並不一定要前三名呀。

媽媽批示：（空白）

我的疑問：成功並不一定要前三名，爲什麼你要我考前三名呢？

爸爸批示：如果你考不到前三名，我也沒辦法呀。

民國五十年四月二十二日（六）晴

晚上我和媽媽到警物處去看電影。有今日大陸、今日台灣、總統閱兵、美國總統艾ㄕㄥ豪防華、光隆輪爆炸。

今日大陸是說大陸人民生活很苦。今日台灣是說台灣的人民很好，內容有工業、農業、醫ㄧㄠˋ、交通、兒童樂園等。總統閱兵是說我國軍隊很強大，能夠反共抗俄、反攻大陸。美國總統防華的片子場面偉大。看到後來我眼睛都快閉上了，就把頭向外面看，後來就睡著了。

媽媽批示：請把務（警務處）、森（艾森豪）、訪（訪華）、藥各寫一行。

短短的日記卻錯別字一大堆，以後要練習查字典。

我的話：字典被二姊帶去學校了，所以沒有。

民國五十年五月十六日（二）晴

今天一起床就打開報紙看第二ㄐㄧㄝˋ中國小姐選拔結果，第一名有三個，是馬維君、汪麗玲、李秀英。

李秀英以前可以拿第一名，就是因爲說話不太好聽，而且背有一點點ㄊㄨㄛ，所以只有第五名。

我認爲上次在話劇中演我母親的劉惠珠長大了也可以參加競選中國小姐，她的國語不夠好，但是可以練習。

希望中國小姐能和外國女人競爭得到第一名，這樣我們中國才會出名，才會強。

爸爸批示：你的毛病就是強不知以為知，連中國小姐如何選拔你都清楚，難道你是評審委員？

把「居」字和「駝」字各寫兩行再睡覺。

媽媽批示：你可以建議劉惠珠把國語練好，準備將來競選中國小姐，她的成績好嗎？

我的補充：劉惠珠好像不能升學，她家裡很窮。真可惜呀。她的成績很好，有前三名。

民國五十年六月十九日（一）雨

晚上我和姊姊、妹妹跟著母親去植物園的ㄅㄨㄛˊ物館看話劇，名字叫：黃金時代。內容是說在青年時代一定要努力用功求學，不要去管愛情，不然會很危險。很好看，十一點左右才回家。

昨天忘了記一件事，那就是我打蒼蠅打了一百六十隻，按照規定，爸爸給我二元。以後我再努力打蒼蠅，放暑假時，我希望目標能達到二千隻。我就可以存錢買四年生自修。

民國五十年六月二十日（二）晴

爸爸要我帶錄音機上課錄音的事情我做了，可是我不太會用。而且沈老師常常不說話，當我按下錄音，他又會忽然停止說話。

我不太明白爲什麼要帶錄音機？沈老師問我時，怎麼辦？

今天晚上收音機裡正放著國歌，我連忙立正，其他的人都沒立正。他們的愛國精神不夠。

媽媽批示：如果老師問你為什麼錄音，你就說因為講台語聽不太懂，要回家再聽一遍。

我的話：沈老師不會相信的，因爲我都考第一名。

媽媽批示：那就說想練習台語好了。

民國五十年六月二十四日（六）晴

這幾天沈老師沒來上課，有一位代課老師叫李新民，長得胖胖的，像ㄇㄧˊㄌㄜˋ佛。

李老師說沈老師要請事假，他給我們考試，一人發一張白紙。考完以後就我們每個人說急口令，算是我們的說話分數。我說了兩個，李老師說給我一百分。

爸爸批示：錄音機不用帶到學校了。

民國五十年七月一日（六）雨

期考完了。今天早晨，本班和庚班在雨中比賽球。大部分同學都沒戴帽子，在雨中拚命跑跳。

下午李老師講雨的來源和危險和雷。第三節就放學。

從七月份開始，電燈費和自來水費都要自己出。家裡沒有錢，不知付的起或付不起？

爸爸批示：這不關你的事，以後不要想這些，也不必記在日記上。

民國五十年七月十一日（二）晴

今天因爲李老師沒課講，所以教我們打架，並且教全班捉小偷的方法，很有趣，很好玩哩！然後一個對一個比賽。

沈老師還是沒有來上課，有許多老師在走廊談論沈老師，好像犯了法被抓走了。

民國五十年七月十三日（四）晴

今天結業典禮，李老師發成績單，我是第三名，覺得很慚愧。平時不用功，所以才會成這樣。

昨天晚上有一個人被火車壓死，頭、身分開，死在我家對面火車鐵軌，今天由一個法醫在儉察死屍，他認爲是死者自殺。聽爸爸告訴媽媽，那人可能是匪諜。匪諜是害怕被抓吧？

媽媽批示：檢察的檢字錯了。這次成績退步，趁放假多用功，迎頭趕上，轉眼聯考就到了，三年很短呢。

民國五十年七月二十八日（五）晴

這幾天常常下雨，所以我的痱子慢慢減少，我很喜歡，以後再也不會癢了。妹妹身上的痱子爲什麼是白色的？

今天返校，沈老師沒來。級長就叫全班同學回家。在回家路上遇到了劉惠珠，她畢業了，但是已經在附近的玻璃工廠上班。劉惠珠告訴我說，有人ㄎㄨㄥˋ告沈老師對她強暴，並且到她家來叫她承認。劉惠珠說沈老師是好人，什麼事也沒做。我不太知道什麼是強暴？

爸爸批示：強暴就是用暴力強迫別人做些不好的事情。

控字寫一行。

民國五十年八月十七日（四）晴

今天返校日，沈老師又沒有來，有人說他是匪諜。我認爲沈老師不是匪諜，他對我們很好，一定是被ㄩㄢ枉了。

我們自己玩遊戲鬥刀，我連續砍倒三個敵人，這個假期我的刀法有進步了。玩到十點左右，級長就說：「回家！」

媽媽批示： 冤枉的冤字已經寫過一行，為什麼又不會寫？再罰寫兩行。

冤冤冤冤冤⋯⋯⋯⋯（寫了兩行）

冤冤冤冤冤⋯⋯⋯⋯

民國五十年八月二十四日（四）雨

今天晚上強烈颱風羅娜將要來了。中午大雨落下來，媽媽叫我拿傘去接爸爸。

每天起床都十點多了，二姊說我是ㄌㄢˇ豬，我不願受別人ㄐ一笑，下次一定早點起來，因爲快要開學了。

爸爸批示：懶、譏各寫一行。知道要早起，很好。

民國五十年八月三十一日（四）晴

今天是最後一次返校，明天就要開學了。

沈老師終於來了，可是他沒和我們說一句話，臉孔很難看。他低著頭走來走去，最後忽然說：

「再見了，各位同學，你們回家吧。」

民國五十年九月一日（五）晴

今天是開學的日子，我很早就去了。到了教室，原來裡面有新生。我們是四年級了，算是他們的大哥，所以不願意趕走他們。後來由我們的新老師楊明山，帶我們到新教室去，他很兇哩！

公布ㄌㄢˊ上貼出一張紙條，內容說教師沈光耀因爲行爲不ㄐㄧㄢˇ點，強暴學生

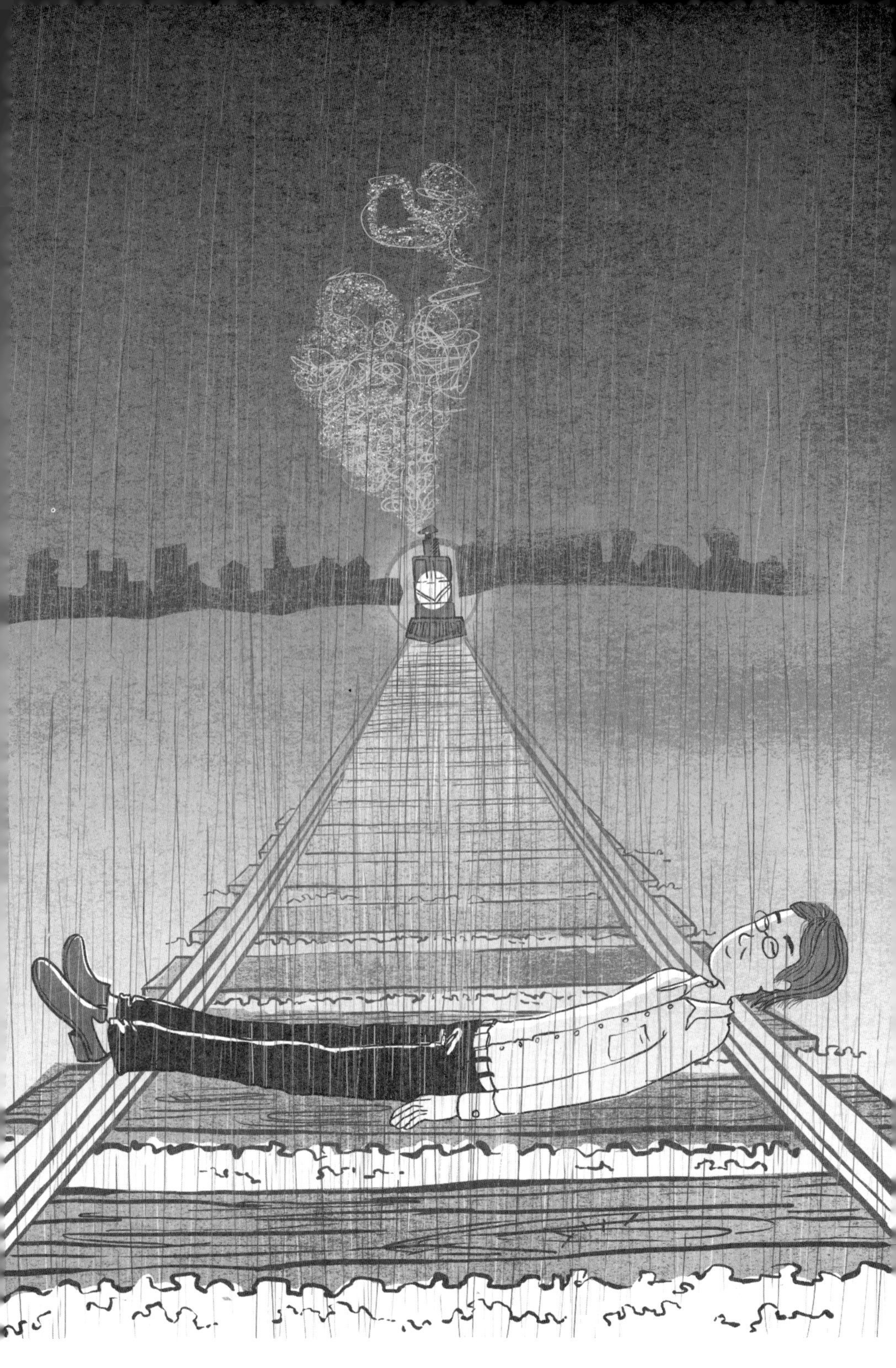

劉惠珠，所以開除。很多人圍在公布ㄌㄢˊ下面比手劃脚。我心裡很傷心。我想去找劉惠珠，可是不知道她住在哪裡。

爸爸批示：希望今年能拿第一名，好好加油。
檢點、公布欄各寫一行。

民國五十年九月十二日（二）颱風

今天從床上爬起來穿上衣服準備上學，媽媽說：「這樣大的颱風，沒人會去，你別去上學吧！」

我只好不去。今天的颱風是我生平最大的一次。我跑到門外，「ㄒㄧㄡ」的一陣大風把我幾乎飛跑了。我不怕，衝出去，「呀」——每戶人家的竹籬笆都倒下來了，門也被吹跑了。大樹也被吹斷或折彎。

民國五十年九月十三日（三）陰

今天颱風停了，早上我去上學，到了學校，好臭呀！原來本校已成難民所，我跑到辦公室去看一看，大黑板上寫著：「四年級以下停課一天。」於是我便跑回家了。

聽說又要來一個叫南施的颱風，是全世界最大而且最強的。

爸爸批示：何以見得？還沒來呢。

民國五十年九月十九日（二）雨

楊明山老師發明了一種獎罰的法子，他用紅扣子代表好，黑扣子代表壞，每天下課時宣布，你是幾個紅扣子、幾個黑扣子。上課講話、不寫作業、考試不及格都要把黑扣子縫在衣服上。真好玩。我希望能得紅扣子。

爸爸批示：紅扣子是一種榮譽，黑扣子是一種恥辱，爸爸希望你胸前都是紅扣子。

我的疑問：最好先多買一些紅扣子，不然店裡賣完了怎麼辦？

媽媽批示：不用擔心，抽屜裡有一大堆夠你用的，黑的也有不少。

民國五十年十月五日（四）晴

昨天作文比賽放榜了，我很光榮的得了第一名，九號要代表學校參加市立圖書館舉行的比賽。楊明山老師要我當級長。因爲原來的級長高正全在上課的時候修理高蹺被老師發現，很生氣，就取消他當級長的資格。我真高興，因爲雙喜ㄌㄧㄣˊ門，明天就要上任當級長了。

爸爸批示：恭喜你雙喜臨門，不過自己不能稱自己是雙喜「臨」門，也不能說「很光榮」。應該說「很僥倖」。做人要懂得謙虛。另外，當級長不是當官，不能用「上任」兩個字。

民國五十年十月二十九日（日）晴

今天是運動會，我們的節目是高蹺競走，每個人都要化裝，我化裝警察。我把全班隊伍整理一下，老師便帶我們入場。同學大多數都穿女人衣、帶女人帽，全場的人都大笑。比賽完，本隊勝利。

爸爸批示：你為什麼這樣不小心，把好好的日記本弄得這麼骯髒？

我的解釋：因爲鋼筆漏水。已經修好了。

民國五十年十二月十三日（三）晴

到現在，我已經有紅扣三十個，沒有黑扣子。老師說如果有黑扣子，就不能當級長了。老師又有新的規定，在教室說話五句，就要交一角，到今天已經六、七個人交錢來，共收到一元三角。到了學期末，這些錢可以開一個同樂會。

爸爸批示：五句話才一角，不貴呀，希望你不要「禍從口出」。

民國五十年十二月十九日（二）雨

早上下了一場雨，我拿著傘上學，在鐵軌上看到一個女工拿著便當走著，沒有拿傘。當我走近一看，呀，是劉惠珠，演過我媽媽的同學。我故意大叫：媽媽！她笑了，就走近我借用我的傘。我問起她知不知道沈老師去哪裡了，她說不知道。後來她往大埔街走，只說聲：「謝謝。」

民國五十年十二月二十三日（六）晴

我今天做了一件錯事，中午同學們回去吃飯，我和兩、三位同學在教室打球，球打到一個同學的墨汁，墨汁打翻了，而且澆了他一身黑黑的。

楊老師決定罰我一個黑扣子，並且換級長。從今天起，我又不是級長了。我很想打老師，他太無理了。

爸爸批示：學生怎麼可以打老師呢？

我的意見：我不是故意的，球是別人沒接到，彈到黑板，又彈到地上，再彈到桌上的。我真是ㄩㄢ枉。

爸爸批示：冤枉的冤字又錯了，罰寫三行。你真是無藥可救的孩子。

——選自遠流出版《戴太陽眼鏡的P. S.小姐》

5

棉花糖的滋味

民國六十三年九月間，我離開師大，被分發到台北縣的一所國中實習。那陣子把全部的精神都放在學生的身上，除了上數學、化學課之外，便是和學生打球；放假日，還常常帶著孩子們上山去採植物標本。我常常把每個月領來的薪水花一部份買獎品給學生，卻引來隔壁老師的譏笑：

「這些笨孩子，長大男的變流氓，女的變女工，都升不了學的。你是因為學校剛畢業，太天真了。不要浪費你的血汗錢，如果嫌錢花不掉，不如送我，我替你花。」

話雖然說得難聽，我還是傻呼呼的照著自己的方法做下去，我覺得那些孩子其實很可愛。

那時候，我剛在報紙上連載完〈蛹之生〉，也用「小野」這樣菜的筆名發表了幾個短篇，於是也就莫名其妙的當上了別人口中的「作家」，於是我也會收到一些讀者信。剛開始，我很仔細的把讀者信編號，而且也開始回信，當信件逐漸多起來時，我才發現自己也會變成人家「崇拜」的偶像。因為有人開始向我索取照片，有人會寄親手編織的圍巾給我，有人開始問我有關數學、生物、家務事及感情糾紛，總之，一夜之間，我家多了一個「小野信箱」。

有一天從學校回來，書桌上平躺著一封從報社轉來的信，大約有半個月都沒收到此類信件了。我放下了背包，把信剪開，是一筆娟秀的鋼筆字。第一張信紙，什麼也沒寫，只附了一小段詞：

「花自飄零水自流，一種相思，兩處閒愁。此情無計可消除，才下眉頭，卻上心頭。」

我皺了皺眉，這是李清照的句子吧？我也記不清楚了。第二張淡綠色的信紙，才開始有「正式」的信：

小野先生：

或許是風鈴的聲響，才讓我想到寫信給你。

在我心靈最深處，埋藏了一個美麗而感傷的故事，我打算告訴你，如果你很忙沒興趣聽，我也不會怪你。我會將這個故事塵封起來，隨著十七年短暫生命的消逝，永埋黃土之下。

人生如浮雲、朝露，眇眇忽忽，塵世對我而言，已毫無留戀的價值，我可以預感到：那冰冷的冬天就快要來臨了。

一個患了絕症的女孩　菲菲敬上

我把信再唸了一遍，竟忍不住笑出聲來：又是一樁惡作劇！八成是一位好幻想的小女孩想找我窮開心。十七歲對一個女孩而言是一個尋夢的年齡哪！那些大行其道的「愛情文藝巨片」、那些「哀豔動人」的「文藝愛情小說」更替她們編織了無數似泡沫般七彩的夢。我原想一笑置之，但後來卻又抱著好奇的心理，究竟我自己也只是大孩子，於是有些開玩笑的回了一封信：

菲菲小妹妹：

很高興你能因風鈴聲響而想到給我寫信，有風鈴真好，我這裡只有上、下課的鈴聲催著我。

我認為一個患了絕症的女孩仍然可以活得很快樂、積極，為什麼你卻有「人生如浮雲、朝露」的感傷呢？

我並不急於想知道故事，不過只要你願意說，我還是挺樂意洗耳恭聽的。

小野

這封回信寄出後一星期，竟如石沈大海，音訊全無，這完全出乎意料之外，於是我更有一種被愚弄的感覺了。難道說，敏感的小女孩已經從我的字裡行間讀出了那種不信任的味道？算了，沒空想這些無聊事，我於是漸漸淡忘此事。可是就在半個月後，又收到了她的來信，卻只有簡單的一行字：

小野先生：

請你告訴我，不可欺騙我，上封信是你親筆回的嗎？

菲菲敬上

我重複的看著這僅僅的一行字，不禁啞然失笑。一定是我的這筆字太醜了，醜得令一個小女孩不相信是她想像中那種字體，想想不覺臉紅，厚著臉皮再回她一封信，當然還是這筆春蚓秋蛇的鬼畫符：

菲菲小妹妹：

信的確是我自己回的，字太醜請勿見怪。我等你的故事已經等得兩鬢斑白了。

小野

這一次信才寄出兩天，回信就到了。

小野：

首先向你道歉，假如你知道這個故事對我而言是比自己的生命還珍惜，相信你就不會責怪我的多疑了，因為我不願輕易的把這個我一生全部情感所寄託的故事告訴別人。我信任你，因為你也年輕，你會同樣珍惜我的故事。在我揮別這塵世後，或許你能把它寫成一篇感人的小說。

我緩緩移開第一張信紙，心裡突然跳躍著許多古怪的念頭，這不像是一部狂想曲吧？這到底是真是假呢？這個叫菲菲的女孩到底是想惡作劇呢，還是真的有一個不平凡的故事。管他的，先看下去再說。

……你可以把我當成十七歲的少女，同樣的，你也可以把我視為七十歲的老太婆，因為年齡對我而言，已經失去了意義。真的，上帝賜予我寶貴的生命，可是現在他又要將我召喚回去，我不敢埋怨上帝的不公平，究竟他還給了我一段不平凡的愛，讓我真真實實的擁有過、付出過，我怎能再貪心呢？只要上帝允許我在離開這塊曾經屬於我的天地時也能帶走那支心愛的吉他，和那一幅一直伴著我的油畫像，即使孤獨的像一個遊唱的詩人，我也會感謝神的恩典。小野，你信神嗎？我從前不信，此刻卻能感到祂就在我的身邊。

我總是會到海邊，望著藍藍的大海，彈著吉他，想把這些我倆熟悉的曲子，藉著微風、藉著浪花，帶給遙遠的他。我也曾走入茂密的楓樹林中，想摘下紅楓一片，寄上串串的相思，可是又怕勾起我無邊的惆悵，使我迷失在林中。

我恐怕無法熬過這一個冬天了。我知道，我清楚的感覺出，自己的生命已岌岌可危，我等不到他了。他曾經說過，三年後就要回來，送我一束鮮花，帶我走進結婚的禮堂。可是，生命已不允許我活到那時候，我只希望那束鮮花能插在我的墳前，我就心滿意足了。我——真對不起，我寫不下去了——

菲菲

最後的字跡很潦草、筆觸很輕，隱隱約約的可以看到被水浸模糊的字體，是淚嗎？我不知道，這種經驗我沒有，我不敢妄下斷語。這些像夢囈般的字句，使我有些茫然，這會是真的嗎？那會是一個怎樣的女孩？他又是一個怎樣的男孩？一個才十七歲卻患了絕症的女孩，是否上蒼有意使她如此早熟，使她嘗到真愛的滋味？十七歲的女孩能懂得愛的真諦？如此刻骨銘心？一開始就對她抱不信任態度的我，雖然比她大了六、七歲，可是卻從未有過如此的感受，而她卻又願意將她的故事轉告我，只因為我年輕，我會同樣珍惜她的故事？這的確是件微妙而又費解的事。

我走進廚房泡了一杯咖啡，讓濃郁深褐的液體慢慢流入血管，我要片刻的冷靜。可是信裡的每句話又會重現在腦袋的刻紋上，使我無法平息下來。

年齡對我而言，已經失去了意義。吉他？油畫像？遊唱的詩人？紅楓一片？鮮花一束插在墳前？唉，難道說，這真是一個動人的故事？我再飲一口咖啡，才發現自己竟沉醉在那似幻似真的迷離裡，像海市蜃樓，卻又如此實際、具體，我一翻身，找出了自己珍藏的一些畫片，畫片上有我平日的信筆塗鴉，一起放進一個封套裡，然後攤開信紙，開始給她回信。

菲菲：

雖然還是不知道你的故事，但是我卻已經深深的陷入你的故事中，被籠罩在你字裡行間的真摯裡。現在我能說的只是：你要好好養病，往往精神可以克服一切。

不要悲觀，我堅信你們總有步入結婚禮堂的一天。你一定要熬過這一個冬天，我盼望自己能親自參加你們感人的婚禮，記著我的話，咬緊牙關，冬天一過，春天就來了。

寄上一些我平日珍藏的畫片，希望它們能陪伴你快樂的活下去。雖然我們素昧平生，但是我相信這些畫片最適合你，你曾是一位真正擁有過，真正付出過的女孩，我該羨慕你。

別忘了，早些告訴我你的故事，就算我無法寫成小說，至少也讓我分享其中的溫馨，分擔一些哀愁。

你的朋友　小野

信寄出後，我倒在床上想著這一切。一個早熟的十七歲女孩，竟會有一個動人的故事？那這故事該發生在她幾歲呢？據說，最純真的感情，都是發生在十五、六歲的少女身上，她們真的懂什麼是愛嗎？我不曉得，至少我很懷疑。想想自己十七歲那年是怎麼過的？喔，那年我總是抱著一個大籃球和禿子、野馬他們鬥牛，不然就和烏骨雞踢足球，反正那時我沒有夢，只有球。一直到現在，我仍然沒有夢。我從不敢給愛下定義，甚至加上一個小註脚，我想，那是件只能意會，不能言傳的玩意兒。但不知怎麼搞的，此刻我倒迫切想知道菲菲的故事，一個十七歲的女孩，一個患了絕症的女孩，會有怎樣的一個故事？

她的第四封信終於在我熱切盼望中到來，我迫不及待的撕開來，卻從裡面掉落幾瓣玫瑰，那紅色並未褪盡。

小野：

我不敢相信你會如此重視我的信，我也萬萬想不到自己在上回信中無法克制衝動的情緒，有頭無尾的草草結束，請你原諒。寄上幾片保存很久的玫瑰花瓣，雖然比不上你的畫片，但是卻希望你能體會我對獲得知音的感激。你我已不再陌生，你有足夠的理由充當我這故事的唯一聽眾。

從小我生活在一個沒有愛的世界裡，我不知道自己的親生父母是誰，我只是一個養女。在家裡兄弟姊妹早已奪走了養父母所有的愛，我自幼就是孤獨無助的，為此我不知流過多少淚水，也曾經有過好幾次自殺的念頭。人生若沒有愛，那生不如死。

就在我初三那年，竟不知不覺的愛上了學校裡的一位年輕美術老師。請你不要笑我年幼無知，我非常肯定的察覺到，那種奇異的感覺就是愛了。只要他一走進教室，我就目不轉睛的看他，我幻想了許多，我深待了幾許，我敏感的發現，他所投給我的眼神也是與眾不同的。也許這在一般世俗人眼光中是大逆不道的，但是愛的本身卻沒有任何錯誤，為什麼我們沒有相愛的勇氣呢，小野，看到這裡，你一定會笑我年幼無知，可是，你錯了。

有一天，他終於對我說：

「我替你畫人像好嗎？」

這就是我生命的轉捩點。我不再稀罕養父母和兄弟姊妹的愛，因為他已經給了我一切。我們瘋狂的相愛著，縱然是不可能有結果的戀愛，可是總算讓我們擁有了，你知道嗎？小野，那是一段多麼幸福的日子。那種心靈的契合，就是愛的最高境界了。後來被養父母知道後，立刻鬧到學校去，把此事大大渲染一番，逼得他只好辭去這份教師的工作。我一氣之下獨自一個人離家出走，跑到了繁華的台北市。為了抗議父母這種不留餘地而且冤枉好人的作風，我跑到新店碧潭的吊橋上往下跳，決定以一死來抗議，來洗清我和他之間的清白。

讀到此，突然一陣山崩地裂，兩眼金星直冒，世間竟有如此癡情的女孩。雖然她的行為在常人眼中是傻事，可是我卻嗅到沙翁筆下常流露的那種悲劇情調。我抖了抖信紙，繼續往下讀：

……後來被岸上的人搶救了起來，可是養父母仍然不原諒我們。一個十多歲的女孩，是沒有太多能力和環境抗衡的，我當時心已死，覺得被救起的只是一具麻木的軀殼而已。最後他申請到一份獎學金，決定赴巴黎繼續深造，臨走前他緊握著我的手說：

「你等著，三年後我一定回來娶你，我要帶一束鮮花，給你披上白紗。你等著，我一定回來。」

雖然我一直牢記著他的話，相信他會回來，可是一切又那麼渺茫。面對著他為我畫的油畫像，撫弄著他常常彈奏的舊吉他，數著他回來的日子。可是當他快回來時，我竟發現自己染上了這種絕症，一切的一切，難道都是上蒼有意的安排嗎？從潭水中撿起了我的生命，又把它再交到病魔手中？為什麼不讓我快快樂樂的度完十七歲，甚至等到他回來，哪怕是看到一眼也好？

小野，一萬個抱歉，你是沒有理由分擔我這份落寞與感傷，原諒我，把信燒了吧，我會永遠記得你真摯的祝福。

菲菲

我把信放在手中輕輕拍打著，我在想，這是不是一個癡情少女薄情郎的故事？

一個學美術的年輕老師，輕易的對一個初三的女學生說：「我替你畫人像好嗎？」又輕易的說：「你等著，三年後我一定回來娶你……」好羅曼蒂克的話語，雖然我相信菲菲所付出的是最真、最純的感情，可是學藝術的男孩，不都是浪漫不羈的嗎？年輕的女孩竟爲他投河自盡？他是否也付出了全部？想著想著，一種無名的激動和不平湧向心頭，便立刻提筆寫信，帶著一些憤怒：

菲菲：

一見鍾情不是真正的愛，愛不只是一種撞擊、一陣激情、一場喜悅而已，愛是要深刻的體驗，是一種默許，一種允諾，容我說句不客氣的話，你不該付出這麼多。我是男孩子，我比你更了解他們，你不要太相信他們，你還太小，小到無法分辨什麼是真與善。這樣說是太狠心了點，因為你所受的打擊已夠深，不該在此時捏碎你的夢幻。但是，你已視我為知音，我就得實話實說。

該說的都說了，最後仍然祝福你堅強的活下去，那股力量，不要想假藉外力，而是全憑自己。

你的朋友　小野

寫完信，有些後悔想撕毀了它，可是心一橫，還是投了郵。

又隔了一星期，那一封屬於十七歲少女的回信，又飄進了我家綠色的郵箱。

小野：

真沒想到，你竟是個對愛的認識這樣膚淺的人，我看錯了你，你該不會是嫉妒我對他所付出的太多吧？

不要以為十七歲的女孩就幼稚的不懂得愛，甚至會受騙上當，我敢誇口，我對愛的體認要千百倍於你。不要以為我站在吊橋上往下跳是幼稚、可笑的，小野，你敢嗎？

我始終相信他對我是認真的，你不可以用看一般男孩子的眼光來看他、責怪他。自從他走入我生命之後，我的生命才真正燃起了希望之光。一年前當我獲知自己得的是絕症後，生命對我而言本是茫茫一片空白，可是每回想到他，我就發誓要勇敢而快樂的活下去，忘掉病的折磨和痛苦。

我一直以擁有他的愛為榮，你不容易了解的，小野，有一天當你也陷得像我一樣深時，你會後悔你上回所寫的每句話。

我並沒讓他知道我得了絕症，事實上我們已失去聯絡兩年了，因為他寄來的信都被養父母沒收，我無法獲知他的地址。但是，算算日子，他在巴黎也該快完成他的學業了，最好他不知道我染上絕症。但我心裡仍不免有一個希望，我祈求上帝能讓我熬過這個冬天，等到他回來，那怕只是最後一眼，只要聽到他的一句話，我會含笑九泉的。

我被她的氣勢所震懾，天哪，十七歲的少女。我發現底下還有密密麻麻的句子，我倒抽了一口氣，開始讀底下的信：

……現在我的體力已經很差，連寫信也都有點力不從心了，但是我還是要寫，我害怕這封信就是我的最後一封信，所以拚了最後一口氣，我還要寫，你要答應我，將它寫成小說……。

記得最後相聚的一個黃昏，也是在一個沙灘上。他帶著那把吉他，彈奏著一首"We shall overcome"，當他連彈了三遍，唱了三遍之後，他的淚水已濺濕了沙灘，他用沙啞的聲音對我說：「菲菲，我們會克服這一切的，你等著我。」

那一刻是我畢生難忘的，除了海浪潑濺在小貝殼裡所發出的共鳴聲外，一切變得寂靜無聲，恍若塵世已遺棄了我們。那夕陽的醉臉我至今仍能描繪得出來，多少個黃昏，我陪著他來這個沙灘畫潮汐、聽潮聲，還有聽他低低敘述著許多美麗而古老的故事。他那聲音就如同小貝殼的迴響般神祕，深深吸引住我。這一些短暫而美好的回憶就成了唯一支撐我活下去的力量了。我說過，從小我就沒有愛，沒有愛，怎麼活？

我想我已說的太多，畢竟你是個對愛認識不深的男孩（也恕我實話實說），我真不明白自己會找到你來傾訴，或許我已有自知之明，知道自己快離開這地方了。如果你也能破例的為我祈禱，我將會在另一個世界保佑你的。

菲菲

我跌坐在書桌前，手一鬆，把信紙灑了一桌。難道說，我真的不如一個十七歲的女孩？我對愛的體認真的那麼膚淺，也許菲菲說的對，有一天我終會明白。猛抬頭，碎紫花色的窗帘被微風吸得脹起一個小山丘，窗外有夕陽的餘暉。夕陽？夕陽的醉臉？我的思維又被引到信上的一句話——不要以爲我說在吊橋上往下跳是幼稚、可笑的，小野，你敢嗎？——你敢嗎？我敢嗎？哦，碧潭。陡然一陣心血沸騰，我彷彿諦聽到琤琮的流水聲，是潭水？亦或是血脈裡流竄的熱血聲？於是匆匆

棉花糖的滋味

穿起鞋子，提了件外套就衝出門去。

「快吃晚飯了，你要上那兒？」媽在我身後嘀咕著。

「去碧潭。」我頭也不回一逕的奔向客運車牌。

「這孩子今天吃錯了藥。」媽大聲說。

這是一個黃昏，却見不著夕陽，一切都像蒙在灰霧中。

我漫步在吊橋上，黃色的鐵欄杆已微微透著斑駁銹蝕的褐色，紆紆徐徐的盡量放慢了步子，我想不透自己這種遄飛的興致是因何而起？是真的多愁善感起來？還是一種「強說愁」的自尋煩惱？我企圖想像揣摩著菲菲有一天，站在吊橋上徘徊，我想像著她那無助的心情。她唸著那首李清照的詞：花自飄零水自流，一種相思，兩處閒愁。當她往橋下看，大雨過後的潭水總是這樣青碧色中泛著幾絲濁黃，微風輕拂潭面，掀起片片死魚身上的鱗片。那一艘艘編了號的天藍小舟，上面坐了一對對歡笑的情侶，把影子笑落在潭面上。那些小舟上深紅的號碼，似乎也替一對對情侶編了號。編了號的情侶？哈哈，這一切在菲菲眼中都成了毫無意義的幻象，於是她縱身一跳，在潭面劃出一圈圈同心圓，她的一切都隨著同心圓的幻滅而消逝。

一個站在橋上寫生的少年擋在我前面。愛寫生的少年呵，縱使你能畫盡碧潭所有挺拔危巖上的古松和潭面上的每一個波紋，可是你再也畫不出一個失落少女當年跳入潭底所激起的同心圓。你敢跳嗎？小野，你敢嗎？不要以爲我站在吊橋上往下跳是幼稚、可笑的——好倔強、好執著、好任性的菲菲！汗珠從頭到脚汩汩的沁了出來，浸濕了每個毛孔，兩腿有些發軟，是菲菲的腿，還是我的？心臟像是被什麼東西狠狠的敲了一記，是一場夢魘？這才發現自己在橋上發怔了許久許久。

走完了吊橋，看到前面不遠處，有對穿牛仔裝的情侶正在買棉花糖吃。我走上前去，也買了一支，於是一邊舔著蓬蓬鬆鬆的粉紅色棉花糖，又從橋上走了回去。

這蓬蓬鬆鬆稀稀疏疏的大棉花糖，用力一捏，恐怕就只剩一點點，所以吃起來要格外小心。我用鼻子去嗅，似乎有些甜味；放在口中咀嚼又像沒有吃到什麼，一口咬下去，什麼也沒咬著；輕輕的去舔它，倒可以體會出那一絲甜味，那屬於粉紅色的甜味。這是怎樣的一種滋味？菲菲也許懂吧？

我很有耐心的體會著這棉花糖的滋味——我一直以擁有他的愛爲榮，你不容易了解的，小野，有一天當你陷得像我一樣深時，你自然會明白……。這些話爲什麼在此刻又重現腦際？我舔完了最後一口棉花糖，把那根竹篾子狠狠的往橋下扔，我發現，我陷得很深了，和菲菲一樣深，陷在那團蓬鬆的棉花糖裡。

走下橋後，看到水泥地上有一些年輕人在玩著用藤圈套瓷器的遊戲。有些人野心勃勃的往遠處扔，想套名貴的瓷瓶，有些人貪圖近利，只管套最前面的小狗、小貓。忽然聽到一個穿紅毛衣的女孩扯著身旁的大男孩說：

「小張，套中間的那尊射箭的邱比特，快，套住他。」

邱比特？唔？我把兩手插入兩邊褲袋裡，天已經昏暗了下來，我想，我該回去給菲菲寫信了。

菲菲：

如果我能為你做些什麼，你儘管直說吧。如果你已經熬不過這個冬天，看不到他最後的一眼，那就讓我來彌補這一切，這其中不帶有任何一絲憐憫和同情，而是一種感動。今天我在黃昏的碧潭吊橋上真正體會到了一些前所未有的感覺，我可以坦白的告訴你，我現在真願意替你做一切。

你現在還能看書嗎？看書可以使一個人昇華、超脫。我替你挑了四本書（《生命之歌》、《鄉愁》、《弘一大師傳》、《霍桑小說選》），已掛號寄去。雖然你才十七歲，但我已對你頗具信心，你會懂得為什麼我選這四本書。包裹裡還有一本詩集，是我高中時代的信筆塗鴉，見不得人，自己卻珍藏著。每首詩的插圖也是我自己亂畫的，是我自己的心血。所以你有空時不妨翻一翻，看原稿和白底黑字的印刷字有很大的區別呢。

現在能醫好你絕症的，不是銛六十，也不是什麼高貴名藥，而是勇敢活下去的信心。如果你仍克服不了病魔的糾纏，也不必難過，或許生命對你而言，具有另外一種意義。

曇花的生命雖短，但它仍盡了全力吐著芳華，可見生命的價值並不在長短，而在於它所放出的光和熱。這不是說教，希望你能了解。再談。

小野

寄信時，我順便把四本書和一本詩集一起寄給菲菲。我仍然不清楚自己這些行爲，是情不自禁的衝動？還是真的陷入菲菲的故事裡。她的故事就像一支棉花糖，我自信已經領略了其中八、九成的滋味，更糟的是，我是一頭陷進了這支棉花糖裡而無法自拔了。我清清楚楚的發現自己已經成爲這故事裡的一部份——不可分割的一部份。大概是弗洛姆說過吧——人類最大的奮鬥，就在於人與人之間心靈的融和，那是一種最原始而根本的激情。我想現在的我，血脈裡流的就是這種激情，我完全和故事中的男女主角融和成一體了，我無法克制自己一直往下陷，越陷越深。

一星期後，回信來了，不出我所料，菲菲的天份極高，她信上這樣說：

……我看完了《鄉愁》和《生命之歌》，告訴你，我好喜歡赫塞。在《鄉愁》裡，赫塞說他像一個能知往察來的預言家，站在黑暗深淵的邊緣，集中心志側耳諦聽急湍洪流或暴風雨的轟隆聲，才能聽出萬物歸一、一切生命配合為一的聲響。小野，真感謝你，在我生命即將消失之前，竟也能漸漸體會赫塞的這份歸一和融合，也許這就是你寄這四本書給我看的目的吧？它使我不再畏懼死亡。

你的詩集我也翻過了，我還不能完全領會，也許新詩就是這模樣，沒有懂或不懂，只有領會吧？不過我特別喜歡那篇〈四月初的雨點〉，那是你初戀的故事嗎？

小野，謝謝你給了我這許多，我曾經說過，年齡對我而言已不重要，雖然這只是短暫的十七年，可是我却能擁有過真摯的愛情和可貴的友情，我比曇花幸福，我覺得已經很滿足了，不是嗎？

寄上一條圍巾，是我初三家事課編的，本來是要送給他的，可是當時我還差一排花邊沒鈎，我最近把它鈎完，轉送給你，以後的日子，希望它能帶給你一些溫暖。

菲菲

02.04
高雄
1975

這是個多麼聰慧而早熟的女孩？上蒼爲什麼總是喜歡捉弄人？我撫弄著手中天藍色的圍巾，傻楞楞的瞧著上面那細密的一針一線，我好像又看到了大海——天藍色的大海，一個背著畫架的年輕人，輕輕的彈著吉他，柔和而堅定的唱著：We shall overcome，他厚厚的手掌牽著一個女孩纖細的小手，他們踩著一地的淚水，那淚水鹹得和海水一樣。

唉——我不禁仰天長嘆一聲，嘆去胸中的不平，一反手，把天藍色的圍巾繞在脖子上，該給菲菲寫信了，我告訴自己。

就這樣，我們一直通著信，偶爾談談音樂、繪畫，有時也討論一些哲學、人生。我們都還小，我們談的很淺，就像碧潭的潭面，而不是潭底。但是在潭面卻也足夠激起許多漣漪了，我們都企圖在這漣漪中去捕捉永恒。只是在字裡行間，她仍然抹不去那份感傷和哀愁，因爲她說她的身子越來越弱，精神也越來越不濟了。

冬天就快要過了，菲菲，你一定設法要熬過這一季冬天，我要竭盡所能、幫你度過這最艱難的日子。你要咬緊牙關苦撐著，一定要撐到他回來，我要親眼見到他把鮮花放在你的手裡。我每晚都這樣祈禱著，我幾乎成了最虔誠的教徒。

冬天爲什麼總是這樣漫長？有一天下午，忽然有一種冷徹心骨的涼意自我脚底緩緩升起。一眼瞥見沙發椅上蜷伏著的黑貓，正用陰森冰冷的黃綠眼球瞅著我，我有一種很不吉祥的預兆——已經兩個禮拜沒收到菲菲的信了，莫非？糟了，最近為了忙科學展覽，怎麼一時如此大意？我從椅子上躍了起來，黑貓向後蹭了一步，畏葸的縮了縮脖子。我立刻打電話到學校請了兩天事假，連行李也沒收拾，抄下菲菲在高雄的地址，次日清晨動身南下。

在南下的快車上，我閉目沉思，盡力使自己能心平氣和，我開始回想菲菲的一切。一個如此純真的少女，她短暫的十七年該用什麼字眼去形容呢？風鈴？絕症？油畫像？吉他？遊唱的詩人？浪花？楓葉？吊橋？沙灘？巴黎？白紗？我思緒紊亂，無法找到一根繩索把這些夢幻般的字眼串起來。難道這就是菲菲的十七年生命？我突然感到相當疲憊，真的，一種心力交瘁的疲憊。她真的等不到那個唱 "We shall overcome" 的男孩子嗎？已經絕望了？現在，我只能祈求她在死之前能得到她所能得到的一切。

下了火車已經是午後一點左右了，我也忘了轆轆的飢腸，攔下一輛計程車，把地址唸給他聽。一路上我仍閉目沉思，我要在心裡先有個準備，我怕到時候我會失態。不管我的前面是病危的菲菲，還是菲菲的屍首。我幾乎喪失對自己的信心，到時候面對她的養父母恐怕連一句安慰的話都吐不出來。

車子轉了幾個彎，停在一個巷子裡，巷口有幾個小孩正在玩踢罐頭的遊戲，他們不約而同的對我投以好奇的眼光。我付了車資跳下車來，抬頭找著門牌，目光於是停留在一家綠門上。我深呼吸了一口，上前去按電鈴，應聲而出的是一個穿米黃色套頭洋裝的婦人，後腦杓挽了一個髻子，看她嘴還嚅動著，似乎正在吃什麼。

「對不起，請問秦菲菲小姐是住在這兒吧？」

「你是說菲菲啊？」那婦人瞪了我一眼，露出奇怪的笑容。

「是的，我是她朋友，從台北來的，請問她現在——」我急得想把一肚子的話擠出來，偏偏只有一張嘴。

「喔，菲菲一直沒回來，她明天月考，可是八成又跑去溜冰了，這孩子，野得很哪——」那婦人撇了撇嘴。

「菲菲的病怎樣了？」

「病？什麼病？她健康的很呢，從小就很少有病。」婦人又把尾音拖得很長，卻用更奇怪的眼光看我。

「這——」我真有些迷糊了，但是仍力求鎮定：「請問秦菲菲唸初中時，是不是曾經和一個美術老師談戀愛，後來她的養父母反對，後來菲菲跳河自殺，後來她又染上絕症，後來——」

「慢著！」那婦人收斂了笑容，又起一隻手來：「我說你這個人是不是神經病？從台北跑來，就是這樣胡言亂語啊？你到底鬼扯著什麼喲？什麼自殺、養父，菲菲是我家獨生女、心肝寶貝，一直活得好好的，從來沒出事過，你到底是什麼人，神經兮兮的。」

「我——」我張大了的嘴巴再也闔不攏了。

「你，你怎麼樣？真是莫名其妙。」她乾脆雙手叉腰。

「那——菲菲小姐最近有沒有常寫信或看書？」我開始對菲菲感到很陌生，我不敢相信這一切。

「這是她的私事，我很少過問。」她上下打量著我，很不耐煩的說：「不過她最近常看書、常寫信，她說她最近正在和一位作家開玩笑，菲菲從小被我們寵壞了，喜歡戲弄別人，我也就懶得過問了。」

「……」我只覺得頭有些暈，彷彿眼眶裡有一萬隻小螞蟻在竄爬，熱熱癢癢的，我強忍住，咬咬嘴唇：「對不起，我問最後一句話，菲菲今年幾歲？」

「十七，剛滿十七歲，你問這幹嘛？」那婦人大聲的說。

「謝謝你，秦太太，我……我走了，請你別把我這個神經病來過的消息告訴她，是我，是我找錯了人。」

我忘了自己是否曾向秦太太道別或揮手，在恍恍惚惚中，我走回車站，十七歲，十七歲，我發現自己毫無意義的默唸著這三個字，恍恍惚惚一支蓬蓬鬆鬆稀稀疏疏的大棉花糖，被我用力一捏，只剩下一支竹篾子。

——選自遠流出版《試管蜘蛛》

6

封殺

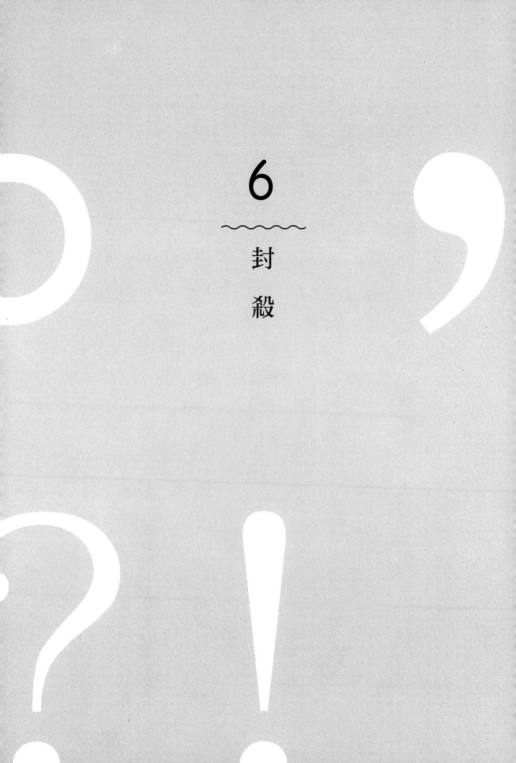

連著幾星期的久旱不雨，球場上的土乾裂著，草也焦萎著，有些細細的塵沙，讓人錯覺是大地烘烤出來的煙氣。

阿財拖曳著沉甸的步伐，略微不穩地跨向打擊區，彷彿手掌握著的不再是球棒，而是家裡秤豬仔用的大秤錘。比同齡少年高出一大截的他，在寬廣的棒球場相襯下，也萎縮得像一隻白底青斑的毛毛蟲。

看台上揮汗的球迷，似被炎陽炙燙了屁股，紛紛立了起來。更有那大嗓門的轉播記者，如癡如狂地在叫著。

「最後一局下半神鷹隊朱進財的打擊，目前比數三比二，紅蕃隊暫時領先。二出局，林金輝已攻佔三壘。如果強打者朱進財能給紅蕃隊致命的一擊，就大有反敗為勝的可能，否則——」

「阿財，看你的呀！」

「阿財，Home run。」

「阿財，給他們死！」

「朱進財身負重任，很有信心的踏上打擊區，教練不放心，又追出來面授機宜一番。」

阿財在打擊區站定後，深深地大吸一口熱氣。

封殺

炎陽炙烈地搧動著每個人似火的情緒。

投手聚精會神地看著捕手東摸西抓的手勢暗號，點點頭，卻又舉棋不定地斜瞟著在三壘躍躍欲飛的林金輝。

林金輝發出怪腔異調，離開了三壘壘包，耍猴戲般騷擾著投手。

長打，一定得長打。阿財全神貫注地瞪著投手彎藏在身後的手臂。狠狠的敲他一支全壘打，能不能當國手就在這一棒了。贏了才有去美國的機會。除了阿爸以外，家裡每個人都曾向他咂咂嘴說，不是講好玩的咧；人家大叔的兒子阿國仔就是在美國讀博士，賺美金，不是隨便講講好玩的咧，美國呢！

一棒定江山，一棒打到美國去。他扭了扭脖子，把手腕旋動了一下，擺出一副長打到美國的架勢。

「第一球，投出！朱進財揮棒——。」

咔——熟悉而叫人心驚膽寒的清脆聲。

「一記左外野高飛球，飛得好高好高——」

觀眾像沸騰的水般叫了開來。

「哇——可惜是一隻非常遠的界外球。」

啊——有人嘆氣，也有人鬆口氣。

猶如影片倒轉，阿財又被拉回了原位。阿財把濕漉的手掌在褲子上抹了一把，重拾球棒。

當投手向守備員喊叫之際，他鬆了一口氣，竟有一種如釋重負的奇異感覺：好在不是安打。只有阿爸不希望我擊出安打。阿爸和別人下了二十萬的賭注，賭紅蕃隊贏，如果剛才那一記是全壘打，阿爸的二十萬就要像被擊中的棒球一樣，飛啊飛的，飛到別人身上了。

「Home run.」

「Home run.」

阿財被這些亢奮的加油聲扭纏著，像自己家裡豬舍中總是漫天飛舞而又揮之不盡的蚊蠅。

輸吧！乾脆些，放棄打擊，三振出局。我們的確輸不起二十萬的。豬仔已被阿爸賣的沒剩幾條了。

可是，能輸嗎？忍心看到領隊、教練、隊友、家人和鄉親父老那樣絕望的表情？

賽前，球隊住進那間窳陋的尼姑庵裡，每天清晨和黃昏，和著晨鐘暮鼓，領隊和教練輪番上陣的精神講話：

「我們苦練了這麼久，鄉里父老對我們抱著最高的希望，在大日頭底下，一球一球咔咔咔咔的敲，一球一球的糾正動作，爲的是什麼？拿不到冠軍，誓不回家鄉！」

是的，咔咔咔咔，練習時失誤一球就要受一次罰，那樣嚴厲的訓練，輸了真沒價值。

前幾天，有個自稱姓洪的商人，千方百計找到尼姑庵來，送了一大簍無子西瓜，他說他和別人下了五十萬的賭注，賭神鷹隊贏，如果贏了，他保證抽出十萬元給神鷹隊添些棒球器具，給大家到美國買紀念品的經費。

「你們是夠窮了，」他向大家比手劃脚著：「窮到連住旅館都住不起，但是，各位小朋友，沒關係！只要贏球，贏了球，什麼問題都統統解決！」

講到「解決」時，右手一揮，擺出一個剖西瓜的動作。

是的，只要贏，大家贏球，可是真解決了嗎？像剖西瓜那樣容易？

第二球就要過來了，他感到手有些僵硬，剛才拭乾了的手掌心，怎又汩汩滲出汗水來？

來了，白色的一團，迅速在眼前放大。旋轉、放大、旋轉、放大，轉放成白濛濛一股渦流。

「揮棒——落空！two strike, on ball, two out。」

紅蕃隊球員在場中央嚣嚷起來，再一支好球，就要結束這場爭霸賽。三壘上的林金輝，既抓帽子，又跺脚，凶多吉少的局面。這一棒揮得太匆促，有些踉踉蹌蹌。他收回棒子，摸正甩歪了的頭盔，眩惑耀眼的陽光哪！美國也會這樣酷熱嗎？或許，該來一場滂沱大雨什麼的。

上個月阿國仔從美國寄回來給大叔的家書上說：

「這兒的留學生，不管學業或事業多順利，仍然免除不了那種無形的，被壓抑的苦悶，我們期待從家鄉來的棒球隊，打得那些番仔落花流水，無力招架。希望阿財也能到這裡揚眉吐氣一番，去年那次太過癮了，哪怕是開兩天兩夜的車，冒著功課被當的危險，我一定要到現場去助陣。」

阿母聽到大叔給她唸這一段，笑得合不攏嘴，口裡還嘮嘮叨叨個沒完：

「人家阿國仔唸了十多年的書，唸到近視眼八百度，唸得彎腰駝背，才唸到美國去！我們阿財只要好好打棒球，不也一樣去美國嗎？」

阿母完全不知道阿爸和別人賭二十萬的事。

那天夜裡，門口的黑狗兄吠了幾聲後，他就被人從睡夢中撼起，迎著一股濃濁難聞的酒味，阿爸的臉扭歪得像挨了刀子的豬仔。他把阿財拖到門邊，門沒門好，一把把冷瑟瑟的夜風掄灌入他單薄的汗衫裡。阿爸口齒不清的訴說著：

「和我相賭的是白毛介紹的一個外地人，他不知道我豬公的兒子就是神鷹隊最勇的。只要你聽你爸的話，決賽時失常，隨便被封殺或接殺，你爸這二十萬就贏了一大半了。你爸最近也有夠楣運，又輸了白毛十萬元，無錢可還，這一招還是白毛教我的——嘿嘿，阿財，你爸給你取這名字，就是要招財進寶的，我豬公這一輩人就沒好運過，愛國獎券連一百元也沒中過。幹——，你這次別辜負你爸……。」

他恨透了別人喊阿爸叫「豬公」，阿爸是豬公，他們幾個兒子女兒不都是豬子豬孫了？幹——。

阿爸不賭錢，姐姐阿錦也不會送給那個萬惡不赦的白毛，也不可能會那樣慘死在火車輪下，那年她才十一歲。

「各位觀眾，這是緊張的一刻，我們可以看出朱進財已有了急躁、不耐煩的表情。現在投手把球高高的舉起——投出！」

阿財視而不見，只楞楞的，像田埂上斜插著沒生命的稻草人，卻也沒像王貞治那樣蹺起一隻金雞獨立的腿，幾隻零星的麻雀從他頭盔上掠過，像掠過一塊寧靜的田畝，稻草人動也沒動一下。

「太偏左下角的壞球，投手開始吊他的胃口了。兩好，一壞，二出局，……」

如果不送給白毛，阿錦就不會死的，在被壓得稀爛的小屍體邊，阿母鬼哭神號，呼天搶地了一陣，一直怨嘆著阿爸：

「是報應啊，歹命的阿錦，自己生的孩子自己要飼養啊！夭壽的死豬公，再賭下去，把老婆兒子全都要輸給別人了。」

他們都說白毛專門幹一些下流的勾當，利用賭博別人輸了賠不起，不知騙來多少小女孩，只要長大了一點點，就往那種骯髒的地方送。

也許阿錦死了會更好，不用受那種皮肉的凌虐。幹──有一天長大了，長得夠勇壯了，就要把白毛宰掉，像宰豬仔一般，讓他張開血盆大口，吐出來的不再是暗紅色的檳榔汁，而是豬仔被刺穿的內臟所噴出來的那種鮮鮮熱熱的血液！

幹──打一個全壘打，讓阿爸去輸二十萬，去楣運吧！讓他們都去笑不出來！

他渾身血液流竄，狠狠抓緊球棒，兇惡地瞪著投手，幹──給你們好看……。

球又飄過來了，速度很慢，一直在旋，旋得他眼花撩亂，一支變化球，略飄向右下角……。

狠狠的敲出去吧，一支全壘打，給他們死！

「噢──一支變化球，變化太大，偏了右邊，壞球！呼──好險，好險，朱進財已扭動身子要揮棒，臨時又迅速收回來，顯然，他有些沉不住氣了……。」

投手突然把球傳到三壘，林金輝連滾帶爬的踩回了壘包，滑稽的動作引來一些笑聲，只是笑聲很短暫，一下就又沖淡了。

球場上空有一群鴿子飛過，太陽當頭曬著，沒有太多人去仰頭看。或許，真該下些雨的。教練又在場外嘶吼了幾聲，阿財心神不寧的回頭，沒搞清楚教練在喊什麼，又恍惚之間聽到過去白毛來家裡索賭債時，口嚼檳榔，那種沉濁又目中無人的吼叫：

「豬公死到哪裡去了？想不還錢哪？」

沒有白毛，阿錦也不會死的。

在阿錦死後約有一年，某天夜裡，一家人都沒睡，只有阿爸又在外面賭博，說是要贏一點錢給孩子繳學費，突然一個很重的撞門聲，阿爸踉踉蹌蹌地跌進來，兀自狼狽地衝入廚房，拿起半瓶老米酒堵在口裡猛灌，臉色泛青、變白，又一陣紅，眼珠子朝上翻，眼白像龍眼肉般掉出來。兩片泛紫的嘴唇一張一翕，發出規律的唇音：

惡卜、惡卜、惡卜、惡卜……。

被一股鬼魅般的巨大力量震撼著，混身哆嗦不止，依稀還可聽聞他說：

「阿錦，莫害我！阿錦，莫害我！」

阿爸眼皮像被拉傀儡的細線吊著，不停翻掀。阿母反而很鎮定地說，阿爸被鬼附身了。他叫阿財兄弟把茶几搬到庭院，擺了香爐，三個人合力把阿爸拖到茶几前，要他跪下去猛叩頭。

阿母拿了好幾疊冥紙在臉盆裡燒了起來，點了幾炷香，拜了又拜，口裡咕嚕咕嚕地唸著：

「阿錦，我們燒錢供你買一些新衫褲，買一些好吃的，求求你，放了阿爸……。」

冷颼颼的風，把盆裡的冥幣灰，颳得漫天飛舞，一些未熄的火星，鬼火般到處閃爍著。黑狗兄也冷縮在角落裡乾吠了幾聲，更襯著一個陰森慘澹的無眠夜。

等那些黑灰飄灑沉落時，天色也漸亮了。阿爸在疲憊不堪中甦醒，說他在平交道上，的確看到阿錦呆坐在小屍體曾躺過的位置上嚶嚶哭泣，怪阿爸拋棄她。

真會是阿錦早夭的小冤魂嗎？

這一次遠征，球隊住進尼姑庵後，他常在黑濛濛的集骨塔旁徘徊，整晚都被那種恐懼的記憶纏迴著。冷不防擡頭，那些輕悄悄俯首而過的尼姑，影子飄然的映在紙糊的窗框上，都那樣令他股慄不止，以為又是阿錦出現了。

見了阿爸那次狼狽的模樣，那種難受至今仍深深地窩藏著，可憐的阿爸，戒不掉賭，就成了白毛的奴隸。

放棄打擊吧！爲了阿爸，爲了我們的二十萬，只要一記投手前的滾地球，讓他們封殺在一壘，輕而易舉的動作。

「各位觀眾，鹿死誰手就要揭曉了，三比二，紅蕃隊領先……。」

似乎可揣想阿爸必然擠在球場的某一個角落，像瘋人般狂喊著。蓬鬆著久未梳理的髒髮，鼓凸著龍眼核般的深黑眼珠，伸長了抖索的肥手，渴求著就要到手的二十萬。當一次孝子吧！只要揮棒落空，或打一個不遠的球，阿爸就會抱著那一疊疊鈔票手舞足蹈，好久不見他那愁苦的臉上能綻出笑意了。

阿財手一軟，竟垂下了球棒……。

投手在手套裡抓弄著棒球，眼睛溜呀溜的轉不停。

一些濃厚的雲層飄過天空，龐大的雲影從上而下，壓滿整個球場，每個人的身軀或臉龐多少都染上一些陰翳，也許是一場大雨的好兆頭呢？該下雨了。

一張張期盼、焦慮、渴望的臉，在他眼前像素描般迅速被勾勒了出來：教練的、領隊的、隊友的、阿母的、阿國仔、鄰居的，他們一個個咧大了嘴巴，吶喊著：

一定要贏哪！非贏不可喲！不贏不要回家鄉！

在雲影的罩壓下，他感到一種搖搖欲墜的昏眩和淒楚。

阿財加油。阿財加油。Home run Home run到美國揚眉吐氣，美國也會乾旱好幾星期嗎？

是要到美國去的，回來後給阿母帶些美國衫褲，給妹妹帶會講話的娃娃，給阿——阿爸帶些他舔也沒舔過的美國香檳，洪先生說的，只要贏球，贏了球，似剖西瓜一樣，什麼問題都迎刃而解。

球棒又從他冒汗的手中緩緩升起、升起、升過了頭頂。

投手又投出了第三支壞球、球太低，砸在地上，捕手挺出胸脯去擋住反彈球，像一顆沒炸開的手榴彈，只捲起一圈圈塵土……。

「二好三壞滿球數。最後一球，決定勝負的一球！各位——各位——」

轉播員沙啞的嗓音，已不敷表達他想要製造的緊張氣氛，只彷佛第一個昏倒在地的，便會是他自己。

太陽這時挑開了層層雲堆，天際又抹上一層亮光蠟。

一些些黃土在鬱燥的熱氣中，不安地浮游著。

看台上，外野草地的斜坡上，萬頭騷竄了好一陣子，倏然出奇的靜默起來。

一切靜得好離奇。似曾相識的鴿群，又啪——啪——啪——啪的從上空飛過。

封殺

那樣不甘寂寞的啪、啪、啪、啪。

打擊者與投手四目眨也沒眨，眈眈地對上了。騰騰殺氣凝滯在彼此的眈眈裡。

阿財腦子一片白漠漠地，唯一想到的是調勻一下呼吸——心已升到喉頭。

投手把球高舉過頭，頓了一下。

一切都因等待而出奇的靜穆著，除了投手很誇張的擡起了左腳。

瞬霎間，一道筆直的白蛇，從投手手掌閃電似迅捷地向打擊者面前飛延過來……。

阿財狠狠一咬下唇，狠狠的，不留情的，揮棒！

咔——

球被擊中，飛向左外野。

全場觀眾的情緒被自己的吼叫淹沒，過了警戒線，一發不可收拾。

啊——每個人都張大了足可投進一個棒球的嘴。

啊——。

阿財像甩掉一個燙手的山芋般甩開球棒，向一壘拔足狂奔。

阿——阿爸，阿爸的二十萬！就讓我跌倒，被封殺在一壘前吧！

跑哇——衝哇——全場嘩嘩地嚷著。

要贏，一定要贏，要過關斬將，我不能死……。

飛登上了一壘後，他馬不停蹄的往二壘方向奔竄。

「這是一支極漂亮的安打，打到全壘打的圍牆上彈了好遠，落點太好，林金輝已平安返回本壘，三比三，現在朱進財也順利攻佔二壘……。」

阿爸，對不起你了，我不能死，我要贏、要贏，奔哪，奔哪，奔哪，狂奔不止不歇……。

「唉呀！他不該再離開二壘的，太冒險了，這是相當反常的，他不顧一切又往三壘衝，好像煞不住車。現在左外野手一個翻身抓到了球，長傳三壘——。」

遙遠的美國，阿國仔，你就要看到我阿財遠征到那個陌生的地方替咱們中國人揚眉吐氣了。阿財就要橫掃千軍了！

哦！阿爸，可憐的阿爸，二十萬哪！你賠不起的。喔——讓我被封殺在三壘前吧！阿爸，不要怪阿財，我會是一個孝順的好孩子……。

「各位，朱進財往三壘跑是送死，是完完全全錯誤的，啊——三壘手漏接，漏接，他又繼續向本壘狂奔——。」

瘋狂的群眾喊叫聲，已將擁擠的看台喧炸得粉碎，就像阿財狂奔所踩過的深深腳印四周所踢揚起的滾滾塵沙，細細碎碎的飄降下落。

啊——啊——阿財加油！

教練、領隊、隊友們都摘下了帽子，猛烈的揮動。

每個人都這樣青筋浮凸、瞋目齜牙地：

跑啊！跑啊！

他被這些聲浪擁著向前奔。

焦急的投手已靜候在本壘，協助捕手圍殺正奔向歸途的打擊者。

「朱進財向本壘跑是錯誤的，三壘已夠僥倖，簡直瘋了，他好像完全失去控制，喪失了理智，沒有判斷能力了，現在——。」

三壘手撲出去，撿回了漏接的球，匆忙的擲向本壘。

阿爸，阿爸，我終於要死在本壘了。

阿爸，我已經不行了，我不會再得分了，啊——。

眼前已呈整片灰灰濛濛的景象。在本疉守候著他的投手和捕手，在他滴滴汗水浸濕的眼瞳所映出的，像是城隍廟裡長廊盡頭的牛頭馬面，張牙舞爪地在招魂。

他有了一步步奔向死亡的恐懼，像看到阿錦那不成人形的瘦削屍體。全身發麻，就要跑不完全程了。

往回跑吧？往回跑吧！

12
12

那種回頭的意念只在腦中稍縱即逝……回頭跑也是死路一條。所有的人都在封鎖他、圍殺他，包括教練、領隊和隊友們。

阿爸，阿爸救我，喔——阿爸……。

牛頭馬面——招財進寶——二十萬——揚眉吐氣——。

在本壘前三、四步之外，他別無選擇地猛然低身，低斜得像一隻降落的白鷺，滑向本壘板。

在這一滑間，捕手接到了三壘手的球，往阿財身上一擋，主審裁判手向外指，很肯定而無情的吼了一聲。

「封殺——各位觀眾，朱進財終於被封殺在本壘板上，他不該心存僥倖——。」

他全身仆倒在地，抽搐的面頰緊貼在冷冰的本壘板上，癱軟的手伸展出去，想確實抓住一把沙子，甚至幾根青草；但是卻虛弱得要脫胎換骨似的，像一隻被遺棄在泥地上滾翻掙扎的泥鰍。

教練與領隊跺著腳，對失望的隊友說：

不該跑回來的。

觀眾席間唏噓聲迴盪穿梭著：

真可惜！真可惜呢！

太陽益形焦烈了，一圈圈要溶了似的，把雲絮耀成一片片反光板。

啪噠，啪噠，啪噠，一隻深藍色的鳥，鼓著長長的翼，從球場飛躲入有遮蓋的看台。

提著急救箱的醫護人員匆匆走向本壘板。

只能聽到那極想再亢奮的聲音，卻呆板在無力地播報著：

「現在比賽將要無限制的延長下去，直到有一方先得分……」

下午的風，仍然無影無蹤，而喧嘩聲也開始少了些。

或許，真該降下來一些雨水的。

——選自遠流出版《封殺》

7

黑皮與白牙

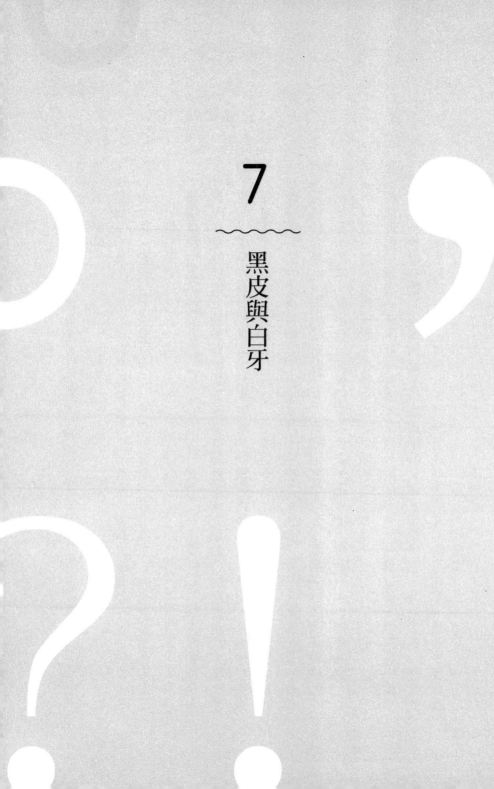

新世紀少兒文學家

小　野

我以為過了十八歲日子會好過些，沒想到……

1. 明天十八歲

我總是很頹喪的跨進校門。頭頂上那塊「禮、義、廉、恥」的大匾額都是陰沉著臉，從沒開朗過。迎面而來的大型穿衣鏡總是令人不愉快的面對自己——大盤帽下壓著一張瘦削見骨的輪廓，粗黑笨重的眼鏡框遮掉了大半張臉，永遠也打不直的一雙短腿，任憑如何把黃卡其褲往上提還是不成比例，嶙峋的肩膀也因為過重的書包使得歪斜的右邊再也調整不過來。我不願意接受在鏡子裡不起眼的，矬矬糗糗的那個傢伙會是我。而我總是陶醉在一張經過修飾的，沒戴眼鏡的，還算英俊的二吋黑白半身照片中，覺得自己其實還算過得去，不太惹人厭。至少對同年齡的女生而言，或許只要我主動一點，還是可以約到她們的，當然，我沒有失敗的紀錄，但是也沒成功過。再過一天，就十八歲了，這一生，至少十八歲以前，我只對一個女孩動過心，我沒有她的任何情報，只知道她唸北商，牙齒很白，我給了她一個代號（用綽號有些不敬），叫「白牙」，就是傑克倫敦的那本書的名字。這件事我只讓

「黑桃J」知道，他坐在我前面，平常燙著捲髮，是班上的少數特權階級，他家的司機劉叔叔就把大型黑轎車停在校門的拐角處，我經常送他上車以後才回家，因爲是獨生子，所以他老爸黑桃K怕他出事。

今天放學的時候的確有些不一樣的事情要發生，先是那面令我厭煩的大型照妖鏡被人打破了，碎了的鏡片灑了一地，訓導處的雙尾蠍正利用他放出來的「線民」做深入的調查，班上的同學有人謠傳我就是雙尾蠍的線民，因爲我平時沉默寡言，常常露出「陰冷」的笑容，其實那只是我的一種保護色，就像我跟著「黑桃J」混一樣，據說黑桃K很罩，我跟著走「黑桃」路線短期內是安全的。黑桃J今天可是有狀況了，他說今天「駱駝」跟他約了在「黑龍江」後面巷子碰面，他要替他擺平上次隔壁班「紅蕃」侮辱「黑桃J」的事，駱駝說他保證要「紅蕃」用香菸頭在手掌上燒三個洞向黑桃J道歉。黑桃J要我向劉叔叔打一聲招呼，要他先開車回去，他今天一定要紅蕃給他有個交代——他的口氣很篤定，就像他過去向我吹噓一些事，只要他家黑桃K一通電話就OK一樣。駱駝是個很難纏的傢伙，據說書包裡除了有彈簧刀、鐵輪、鐵彈珠外，還藏了一把土造手槍，有一回他殺了人被抓進少年隊，結果黑桃K一通電話，少年隊立刻放人，出來時駱駝還罵了少年隊的人說——「罩子放亮點，查一查我的背景。」天曉得，「駱駝」的老爸是「老芋仔」，退伍以後每天批發香菸到處流竄討生活，比我的老爸好不到哪裡去，都是紅心二——小蘿蔔沒搞頭。

我去車棚內牽腳踏車，找了半天沒找到我的那輛，才想今天是怎麼啦，所有事情都在同時間發生，那輛破爛貨也有人要？我呆立一會兒才恍然大悟，我根本沒騎車來上課。我早已下定決心要搭公車回家，決心要碰碰運氣的。我知道「白牙」大概的回家路線，她是在國際學社附近下車，有時候會提早兩站下，我真的下定決心，二吋的黑白半身照片已經準備好了，信也寫好了，是一首不壞的詩，鄭愁予的，算是很有水準的，怕就怕「白牙」除了牙齒白以外，可能沒聽過「鄭愁予」。我對「北商」的女生不敢抱太大期望，只希望白牙是一個例外。因爲白牙的氣質很像會考上台大的那種高中女生。

我在站牌下等了很久，公車來了四班，仍然沒見到白牙，我告訴自己，再等兩班如果沒見人影就是沒緣了，這學期恐怕就見不到她了。我掏出歷史課本胡亂翻著，課本上密密麻麻，紅的、藍的、黃的線交織成一大片運河，連鉛字都模糊了，這些模糊的歷史啊我是背了又忘，忘了又背。心理學家說，當你恐懼一樣事情，你就會故意把它忘了。我想我是恐懼歷史，我也恐懼看見白牙，否則我昨天明明把一切東西準備好，今天放了學竟然直覺地走入車棚內牽車，其實我是早已計劃要搭公車的，我恐懼見白牙就如同我恐懼面對巨大的穿衣鏡一樣，可能面對恐懼也是有快感的。

結果白牙沒有來，我又等了五班車，搭上車時已經快七點了。回到家門口時才發現大水溝的鐵軌旁又搭起了大棚子，一個歌仔戲班又來了，是附近的人說最近火車又壓死了一個小孩，要擺幾天的戲臺子給鬼魂樂樂以免再來索命。附近消息靈通的攤販全來了，擠滿了整個大水溝，許多來佔位置的板凳，椅子放了一大堆，我想這一晚又要泡湯了。

一進屋子就聽到鋸塑膠板的聲音，空氣中瀰漫著那種焦焦臭臭的塑膠碎末味，老爸老母又在趕工做人家的門牌了，那擺滿一床鋪「林寓」、「吳寓」、「張寓」、「朱寓」……的黑底白字。老爸的毛筆字貼在塑膠板上，老母便用細細的鋼鋸順著毛筆字的邊緣鋸，微薄的外快只夠補貼一些菜錢，路口雜貨店的米錢依舊要賒帳的，老母不敢從雜貨店門口過是街坊鄰居都知道的事。

「後天就要交貨了，你去水溝旁的麵攤吃碗麵。」老母頭也沒抬的說著，我看到她鼻尖沾滿白色塑膠碎末：「錢在抽屜。後天下午你要幫我們一塊兒去師大附中教職員宿舍替他們把名牌釘上。」

「爸，交了貨，能不能給我寒假的補習費？」我鼓足了勇氣站到老爸的後面，雖然是冬天，他的汗衫已被汗濕透了一大片：「老師說，全體同學都要參加補習。」

「能不能請你們學校減免補習費？就像你減免學雜費一樣？你成績不錯，應該可以減免一下，不然，我也沒辦法，這筆門牌的錢早就預支花掉了。」老爸扶了扶老花眼鏡用很無奈的眼神望著我，汗水從他多皺的額頭滑下，他用手臂去擦，擦了一臉的塑膠碎末，有些滑稽：「你看，我不停的工作，昨天才把臺肥的幻燈片圖稿交了，二十九張，一張一百塊，我熬了兩星期不眠不休，錢還沒拿到，一家九口人，我就是做到死也養不活啊。」

我知道如果我再爭辯下去只能換來老爸更多的牢騷和怨氣，其實我才找過雙尾蠍，問他可不可以免繳補習費的事，沒想到他竟然罵了我一頓說：

「窮是你家的事，沒錢就不要補，從來沒聽過補習費還要減免的！將來跟不上也是你家的事，不要來找我！」

我常想，如果老爸會貪污就好了，像住隔壁的包家，他們老爸在公司的職位不比我老爸高，可是有轎車進出，包媽媽每天濃妝艷抹的，包必仁、包必義、包必信三兄弟常常對著我吹口哨說：

「我吃香蕉，你吃皮，我坐椅子，你坐地。」

大家都說包伯伯的工作很肥，有很多油水，我問過老爸為什麼他要那麼辛苦工作，老爸發了一頓脾氣說：

「如果你羨慕，你去當包家兒子，反正我孩子太多。」

我很喜歡去大水溝旁的那家麵攤子，很窄的店面只有一張面壁的長板凳，客人必須面對著髒土牆吃麵，地是泥巴地，總是有些狗會在你脚下鑽來鑽去撿丟下的雞骨頭來啃。尤其是那對不太多話的父女，默默的下著麵條，切著滷菜，笑嘻嘻的向客人收錢，收碗盤，然後女兒跪在泥地上用一個水桶洗碗盤。尤其是我平常開夜車到深夜十二點半左右，跑步去他們的麵攤吃個宵夜，把剩下的一些雞脖子，最後的幾塊豆干切了，再要一個滷蛋，一碗陽春麵，看著老頭把一個冰冷的滷蛋放入滾燙的鍋裡燙幾下的那種滋味。然後女兒會把板凳倒放在檯子上，低著頭掃著泥地上客人丟棄的東西。當老頭把我的那份處理完後，就替他們自己煮兩大碗麵，把剩菜炒一盤，父女兩人對坐著吃著，吃完就把麵攤推走，特別是在寒冷的冬天，他媽的，我會莫名其妙的覺得人生好有希望。

今天我去的時候只見老頭子一個人忙不過來，女兒不在身旁。忍不住問了他一句，他很憂心的說：

「她病了，住醫院。」

那女孩差不多就是我們這般年紀，留著一個馬尾巴，皮膚黑了些，其實長得並不賴，如果在學校唸書，搞不好還會有不少男生在後面指指點點，給她取個像「黑珍珠」、「非洲皇后」之類的綽號，反正不會是那種塗上口紅畫了眉毛都引不起男生興趣的那類貨色。

其實爲了和白牙區分清楚，我在日記上早就給了這個女孩另一個代號叫「黑皮」。我曾經有過一個很美的夢，在一座原始的叢林裡，我當了叢林之王，巫師問我想要什麼，我說只要原配夫人白牙和妃子黑皮，把她們和我一起關在一間沒有窗子的茅草屋裡，我要好好「享用」這兩個王妃。當然我必須要說明的是，在做那個美夢的前一天，黑桃J弄到了一捲色情電影，十六厘米的，我們一夥四個人躲在黑龍江附近的一間空屋內，把影片放映在白色的牆上，他媽的，滿牆壁的妖精打架，十幾個男女打成一堆，黑桃J還故作鎮定說，這是性教育，老師不敢教，我們自修。那是我第一次知道那件事。然後，我就肯定我最希望得到的禮物，就是夢裡面的那間茅草屋。

我回家時老爸又在怪老母把鋼鋸鋸斷，老爸嘀咕著——再弄斷兩根，連老本都要賠掉了。老母反倒笑著賠不是說——我手很笨，不是這塊料子，你要我做就得多包涵。

回到書房以後一直唸不下書，外面歌仔戲唱的是「目蓮救母」，可是唱著唱著，又變成「夜來香」，一陣鑼鼓和喇叭的變奏，臺上有人蹦跳起來的聲音夾雜著台下的笑聲，大概是目蓮跳起大腿舞了。

我溜到屋後面的防空壕上面，可以清楚的看到目蓮的大腿舞，臺下那些邊吃零食邊聊天的老弱婦孺和一些臺子旁生意興隆的各種小吃和賭博把整個夜塗染得輝煌耀眼，彷彿在那樣一個死寂的年歲裡只有自己找樂子自我陶醉的份兒。防空壕旁邊有一塊絲瓜園是老祖母的，用矮矮的竹籬笆圍著，我曾經有過很強烈的犯罪念頭，就是在這片絲瓜園裡我引誘過一個小女孩，是住在鄰村的小胖，才七歲，嘴唇厚厚紅紅的，尤其是炎炎的夏日經常不知生活的步調如何雜亂起來的時候，就有一種控制不住的要宣洩的衝動，我差一點想強暴小胖，那陣子我讀到一則新聞使我驚愕很久，報上說有個第一流的高中生二年級的學生盧達明強暴國小二年級的女童達三次之多。我非常同情盧達明，因爲他是我初中的同學，滿臉青春痘，還當選過模範生、班長、老實得一塌糊塗的傢伙，他犯了不能原諒的錯，記者說他連禽獸都不如，其實我相信假如我真的幹了那件事，他們也一定會把我那張二吋黑白半身照片登在社會新聞版上，然後有許多人會用剪刀挖掉我的眼珠，用痰吐在我的頭上，罵我連豬狗都不如！

有時候當我非常沮喪的時候想到，我真的是連豬狗都不如。後來我沒敢碰小胖，我只求她讓我抱一下，吻她的面頰，她回去後立刻向她豬母告狀，兇狠的豬母加油添醋的又向老母說了一頓，我抵死也不承認有這回事。從那時起，我便偷了妹妹的一個會閉眼睛的布娃娃小紅，躲在棉被裡，把小紅的衣服全部剝掉，摟在懷裡猛吻猛摸，就用這種不會犯罪的方式我小心翼翼的度著我自己的危險期，除了自己，沒人可以救我，這是我寶貴的經驗——就像期考時我和黑桃J約好，考數學時我罩他，英文時他罩我，我如約的把數學答案全份一字不差的用紙飛機射給他，結果他考了八十六，我只有六十八。可是輪到英文時，任憑我差點踢斷他的椅子腿，踢裂他的屁股縫，他依然老僧入定的答他的題目，好像忘了我的存在。下了課繳了卷我質問他時他總是搔著捲髮傻笑說——哎呀太緊張，也沒把握嘛。結果，他的英文九十四，我四十九。那次以後我不再相信所有的約定和承諾，我只相信自求多福。

從防空壕上回到屋裡，老母已經在掃地上的塑膠碎屑，工作告了一個段落。老爸倒是忙裡偷閒，趴在書桌上畫鍾馗，地上丟棄了幾張畫壞的，我順手撿起了一張，也沾上顏料把袍子塗得血紅，再加上一把寶劍，把鍾馗的臉添得更兇惡些，眉毛更粗，嘴巴更歪。老爸看了便笑了起來，接過我完成的鍾馗，在上面批了幾句話：

「福在眼前，妖邪遠去，丁未敏傑生日前一天夜十一時原川敏傑父子合作，此圖貼祖母大人壁間，意在驅鬼得安靜之福。」

我和老爸分別在紙上蓋了印章，此時祖母房內傳來沉沉的十一下鐘響，祖母和三個妹妹兩個弟弟正在說著虎姑婆的故事，低低的聲音不時從門縫裡傳出來，我悄悄的把這張父子合畫的鍾馗像貼在祖母的房門口，老祖母又在教弟妹們唱那首「月光光」的兒歌了：

「月光光，秀才郎，騎白馬，過蓮塘，種韮菜，韮菜花，結親家，親家門前一口塘，打條鯛魚八尺長……。」

我默默地注視著橫眉豎目的鍾馗，反覆唸著「福在眼前，妖邪遠去」這八個字，忽然又有了那種很安全、幸福的感覺，他媽的，人實在是容易滿足的。

我忽然想，也許，過了十八歲以後，日子會好過些。

2. 十八歲以後

今天的升旗典禮過後雙尾蠍又要上台訓話，台下有些起彼落的噓聲，這下他可怒了，大罵我們不知羞恥。他引用孔子和孟子的話熟練得很，我們都說雙尾蠍是論語孟子博士。雙尾蠍很嚴重的宣佈一件發生在校園外的「血案」，當他說「血案」這兩個字時很像唸希區考克的片名的氣氛。他說本校高二的學生洪國凡被人用扁鑽刺傷，送到醫院急救，縫了二十幾針才脫離險境，警方正追查兇手。雙尾蠍要求凡是知道洪國凡昨天放學以後行蹤的同學立刻要到訓導處報告。洪國凡就是昨晚被黑桃J和駱駝約出去的「紅蕃」。我看了一眼旁邊的黑桃J，他若無其事的抖著一隻腿，口裡還嚼著口香糖，我扯了一下他燙得畢直的褲管，他把我的手拍掉低聲說——跟我無關。

第一節上課不久，雙尾蠍鬼鬼祟祟的出現在走廊，教國文的馬頭立刻出去，兩人交頭接耳一番，馬頭進來要黑桃J出去一下。然後雙尾蠍用很神祕的，諂媚的，滿嘴口沫的那副德性在黑桃J的耳畔嘀咕一陣，黑桃J只是猛點頭，有些心慌不自在，最後雙尾蠍拍了拍黑桃J的肩膀，像他們是拜把兄弟那樣親熱，當黑桃J低著頭進教室時看了馬頭一眼，馬頭溫柔和藹底向他微笑，他可從來不曾用那種笑容對待過我。全班同學都清楚，馬頭還兼黑桃J的家教。其他科目的老師也都是他的家教，考試前都會考前猜題，當然，都猜得八九不離十。

馬頭繼續上課，黑桃J用一種很詭異的笑瞄著我，抬上抬下他的下巴很屌的模樣。

下了課我把黑桃J拖到廁所後面要他告訴我真相，他故意顧左右言他：

「你先說昨天見到白牙沒有？這個比較重要。」

「是不是駱駝幹的？」我真的很著急。

「如果你遇到白牙，你就這樣——」黑桃J用指尖輕輕挑起我的下巴。

「說——親愛的，我請你跳一支舞。然後——」他用手扶著我的腰說：

「這樣，然後吻下去。」

「去你媽的，黑桃J，你沒把我當朋友。」我生氣了，當然也是稍稍誇張了些。

「剛才雙尾蠍告訴我，泰北的駱駝已經承認是他幹的，抓進少年隊去了。不用擔心，關幾天以後會出來的。我已經跟老K說了，老K很怒說我老是給他出難題。」

「你親眼看駱駝捅他的？」

黑桃J又用那種笑容看著我，不說話。

「血有沒有噴出來？」我比劃著。

黑桃J仍然只是笑，拍了拍我的肩膀安慰我：

「以後你就知道了，還是專心追白牙吧！大人的事小孩不要管。」

上了一整天的課我都心不在焉的，想著紅蕃被駱駝捅的那種模樣一定很悽慘。紅蕃的老母在西門町賣魷魚羹，就是警察來她就推車跑的那種免稅攤販，有一回去西門町看電影，看到紅蕃替他老母洗碗，警察來了，老母推車溜了，留下一些捧著碗的客人照吃不誤，紅蕃便一一向他們收錢收碗，把錢往胸前的口袋放，警察瞪著他，他就屁股對著警察裝傻。有一次全校樂捐救助一個釣魚時心臟病發作而溺死的貧苦同學，我親眼看到紅蕃捐了一百塊。紅蕃和黑桃J的衝突其實也是來自黑桃J和他在籃球場上打球撞上，紅蕃認爲黑桃J是故意用腿絆他，黑桃J不服氣先打了紅蕃一拳，紅蕃回敬了他一腳，把他踢跪在球場當眾出糗而已。其實紅蕃並不是耍太保的孩子，他長得很像有青春痘的盧達明，眉毛八字眉，生就一副倒楣像。

中午休息時間有個婦人哭喪著臉來找雙尾蠍，我正好上廁所看到她，一眼便認出來是紅蕃的老母，我很衝動的過去問他紅蕃住在哪家醫院，他老母用台語說了半天才聽懂，是在和平醫院。雙尾蠍瞪了我一眼，用很懷疑的口吻問：

「你和洪國凡很熟嗎？聽說你知道那個叫駱駝的人和洪國凡約見面，你爲什麼不立刻向我報告？」

「我——我不知道他們要見面的事，我真的不知道。」我拚命否認，拚命搖頭，然後我便想到黑桃J，是他告訴雙尾蠍的！沒有第二個人知道這件事。黑桃J為什麼要把這件事告訴雙尾蠍呢？對他自己也不利啊。

雙尾蠍帶著那個可憐的婦人進了訓導處，我看著雙尾蠍那種顯然是粉飾過的過度親切的動作就噁心。前幾天在水槽裡洗便當，看到一隻灰色的雙尾蠍，我立刻萌生殺機，先把通水孔塞住，然後加滿自來水。當水位逐漸升高接近在水槽壁上的雙尾蠍，我忽然渾身上下充滿了快感。最後雙尾蠍浮在冰冷的水面掙扎著，我忍不住對著那隻動物說——想不到你也有今天！

我終於見到白牙了，不在公車上，也不在一個可以編織夢幻的地方，而是在一個真他媽的很糗的地點。

那天我陪著老爸老母去師大附中教職員宿舍釘名牌，挨家挨戶的把辛苦做好的「林寓」、「吳寓」等塑膠板掛上每一戶老師的家，當我快掛完時，隔壁一家剛掛上「賴寓」的綠色木門推開，一個穿紅色套頭毛衣的女孩走出來看著「賴寓」，歪著頭說：

「咦，賴字好像貼歪了。」

「那是因爲你歪著頭看。」我很不服氣的頂了一句。

那個女孩回頭白了我一眼，我差點沒當場昏倒，她就是我夢中的原配夫人白牙小姐。

「我告訴你喲——如果不貼正來，我們不付錢喲！」白牙對著我說。

「你如果不付錢，你就是姓賴，名皮，賴皮！」我又頂了一句，我發現在她面前我反應很靈敏，像是一個高智商的天才。

「那你一定姓白，名癡！白癡！」她也不甘示弱。

我看到她手裡拿著一本夢露寫的言情小說《愛情紅綠燈》，忍不住就缺德起來：

「看夢露小說的人才是白癡，我妹妹唸小學五年級都知道夢露沒水準，你還看？好菜哦！」

這下子真刺傷了白牙，她用手上那本厚厚的小說朝我投擲過來，正好打落我的眼鏡。

「你再說一句試試看。」她撿起書，轉身回到屋子裡面。

我知道，鄭愁予的詩是不必了，二吋黑白半身照也只有貼回照相簿自己欣賞了。我計劃把妃子「黑皮」晉陞爲元配夫人，我決定要稍稍將自己打扮整齊，晚上去麵攤吃碗麵，多切些滷菜，泡久一點。

那天晚上我懷著一種很虔誠的心去麵攤時卻發現全變了，原來的位置換了一個胖女人在賣紅燒鰻，面壁的長板凳也都換成了幾把圓木凳。我問那個胖女人說原來的那對父女呢。胖女人擦著臉上的油漬說：

「那女孩病死了，老爸回南部了。」

「死了？什麼病？」

「我怎麼知道？」胖女人有些不耐煩：「要不要吃紅燒鰻，很補的。」

「補你娘的！」我忽然控制不住自己的憤怒：「補你娘的ＸＸ！」

我發覺當自己盛怒的時候用臺語罵人比國語流暢，我氣胖女人在說別人死時那種不甘她事的無情，我氣自己無法接受一個正想向她表示好感的女孩的永遠離開這個其實也不怎麼可愛的世界！

我真的不知道該如何處理自己，於是我想到去醫院看看紅蕃，雖然我不太認識他。

我坐車到和平醫院時已經是深夜十點左右了，在附近買了一袋橘子，一進醫院就開始問，總算被我問到了他的病房——擠了一大堆病床的那間，先看到紅蕃的老母已經趴在病床邊睡著了。

我向紅蕃自我介紹，當我說到我是黑桃J的好朋友時，他差點從床上跳起來，他大聲罵了一句：

「你回去告訴他，等我出院以後會找他！」

他太激動了，附近病人和家屬都望向這兒，只有她老母在沉睡中沒被驚醒，大概是累壞了。

「你不要怪他，又不是他幹的。」

「當然是他幹的！」紅蕃一臉疼痛的表情：「他趁我和駱駝談判的時候從後面捅我，如果沒有駱駝拉住他，我已經被他捅死了！」

「可是，駱駝已經承認是他殺的。」我不相信黑桃J敢做這種事，我真的不相信。

「駱駝沒殺我，駱駝救我。」紅蕃用很遲緩的口吻又重複了一遍：「等我出院，我會自己解決。」

紅蕃喘著沉重混濁的氣不再能說話了，他只是睜著眼睛瞪著天花板，似乎期待著什麼。

黑桃J上、下學時劉叔叔都陪著進出教室，彷彿隨時會發生什麼事。事實上，紅蕃還沒離開醫院時就收到勒令退學的通知，理由是「和校外不良份子械鬥」。

紅蕃被學校開除以後黑桃J鬆了一口氣，後來聽同學謠傳雙尾蠍曾經到紅蕃那一班去訓話，要他們不要去醫院看紅蕃，也不要管這檔子事。我並沒有告訴黑桃J

有關我去醫院探紅蕃的事，我忽然有一種恐懼，一種知道事情真相的恐懼，我不敢和任何同學談論這件事，只是我有意的逐漸疏遠黑桃J，有心事也不再和他聊了。

沒有人再去談論有關駱駝的下落，升學考試的壓力和平時的大小考試已經佔據了我們全部的思考，只是有一天聽說駱駝又出現在黑龍江附近的彈子房了。

快過年了，老母把一些香腸和豬肉掛在院子裡曬，老爸交給我一封信，要我拿給隔壁的包伯伯。當我按鈴進到包家時，裡面有一桌麻將，一群男女正嘻嘻哈哈的搓嘩啦嘩啦的牌，包伯伯接過我的信時，旁邊的包必義和包必信搶著要看，包伯伯把信舉得高高的說：

「大人的事，小孩不要管。」

包伯伯要我坐在外面等一下，他進到打麻將的屋裡，有人問是誰，他說是韓原川的兒子，他們之間似乎都知道老爸，然後他們竟談論起老爸了。

「老韓可是今之古人，滿腹經綸，能寫能畫，紅樓夢、三國志都能倒背如流呀。」一個男人說著。

「不過老韓有點不應該，他自己不要錢，可是也不能擋別人財路呀——」一個女人說：「我們是什麼都不要，就要錢，老韓是什麼都好，就是不要錢——他媽的，我不信這年頭清高值幾個錢。」

「喂，有沒有台幣──換一下，兩千就好。」這回是包伯伯的聲音：「我只有美金，忘了換，快點，外面在等。」

包伯伯把兩千塊錢放在一個信封套裡給我，包必義和包必信又要爭著看，我把信封套放入口袋中，滿臉通紅的離開了包家，我終於猜到信的內容了，是借錢。

當我把信封套交給老爸時，老爸仍然興高彩烈的和弟妹們數著今年家裡的年貨：

「烤雞成雙，大公雞一隻，年糕二塊，香腸五串，橘子一簍……」

老爸照例的拿出一副對聯的上聯說：

「今年還是要出一個上聯，你們來編下聯，誰編的最好，有獎金一百元。」

老爸今年寫的上聯是：

「花繁柳密處撥得開方見手段」

腦筋最快的大妹脫口而出：

「濃雲密霧中看得見才是本領」

大妹說完，老爸笑彎了腰，竟然笑出了眼淚，弟妹們也都爲大妹的下聯笑成一堆，而我卻雙耳盈滿了剛才那些打麻將男女的話，我不知道對老爸是褒還是貶，不過老爸願意向包伯伯低頭借錢是會令我尷尬的事，還好沒在包家三兄弟前面獻醜。

第二天的黃昏，老爸下班回來以後一直緊鎖著一張沉鬱的臉，晚飯不吃就出門了。老母很緊張的去隔壁打聽今天上班時出了什麼事，他們告訴老母說，今天公司發布了一批人事異動，老爸原以為會升上去的職位又被新進來的人佔了。

老母要我們先吃飯，她出去找一下，我們從來沒見過老爸如此頹廢喪志的表情。我帶領著弟妹們和老祖母吃飯，督促他們寫功課，大約過了兩、三小時，老爸跌跌撞撞的由老母扶著回來，他一路嘔吐著，還不斷說著醉話：

「廈門大學畢業的人，早就當教授，當大官了，誰像我韓原川……給我菜刀……今天我不殺了那個王八蛋我就殺自己……不要擋住我……我受夠了這些人……我也受夠了這些氣……給我一把菜刀，今天我要讓那個王八蛋血流五步。」

老母指揮著我們準備濃茶、毛巾、痰盂，一陣手忙腳亂，把老爸扶上了木板床，老爸漲紅著臉，口裡喃喃唸著一些不知所云的句子，忽然我聽到他唸出了昨天才出的上聯和下聯：

「花繁柳密處撥得開方見手段，風狂雨急時站得住才是工夫……」

花繁柳密，風狂雨急，我一直以為老爸抵擋得住外來的這些與他格格不入的壓力，事實上，看他癱軟衰竭的樣子，卻是一點也沒有手段和工夫了。

不久，就聽到老爸混濁的鼾聲從屋內傳了出來，我在屋內坐不住，又溜到防空壕上面，外面的鐵軌旁有幾個人蹲在那兒燒紙錢，微弱的火光在長長而漆黑的鐵軌邊閃爍著，看不清那些人的表情，或許就是前幾天被火車壓死的小孩的家屬吧。在這樣陰慘森冷的夜裡，我想起了那個陌生的，已不存在的女孩黑皮，那個甩來甩去的馬尾巴，笑起來很稚氣，黑黑的臉，還有我那個永遠也不可能實現了的叢林茅草屋的夢。一陣夜風吹得我直打哆嗦，我覺得這個世界好冷好冷。

——選自遠流出版《黑皮與白牙》

8

誰來陪我放熱汽球

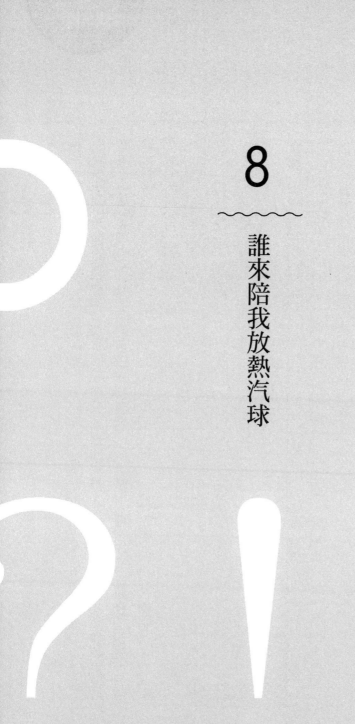

除夕前那幾天都在下著雨，他可以感到爸爸是心情惡劣的，因爲他聽到爸爸和媽媽之間所談論的話都和公司有關，像公司裡的錢被人偷啦，有一張支票跳票啦，有筆生意沒談成啦，有朋友的孩子被綁票啦，雨老是下個不停啦，難怪他最近老是被爸爸罵。心情不好找別人出氣的人都是王八蛋——他不斷在嘴巴裡嘀咕著，有一次被爸爸聽到了，大吼一聲說：

「你說誰是王八蛋？」

「我是說……說老師。」

「爲什麼？」

「老師心情不好就出一大堆功課折磨我們，老師心情不好就故意不讓我們上體育課……」

「你說謊。你敢罵，就要敢承認，你再說一遍，誰是王八蛋？我不會處罰你。」爸爸往後退了一步，表示自己的承諾。

「我說的是你。」他終於很勇敢的承認了。

爸爸果然很守信諾的離去，然後倒在牀上說頭昏，高血壓又要發作了。

他知道自己闖了禍，可是他也沒辦法控制自己，因爲他真的覺得大人都是很愚蠢的。

昨天他也爲了想吃冰花蛋球的事被爸爸誤會而感到委屈。他當初的確是想吃冰花蛋球的，可是也的確因爲立刻想到自己是過敏氣喘的體質不能吃冰，所以才又立刻改口說：「啊，不能吃。」就因爲這樣，爸爸硬說他是想吃又假裝不能吃，是一種虛偽的控訴。爲了爸爸這樣的指責，他在日記上寫著：

「我以後決定要當一個卑鄙的小人，只要欺騙別人，只要有錢就做，反正連父母都不分青紅皂白了，小孩子也要向大人學，反正全世界的人都是愚蠢的。」

爸爸大概也發現自己做錯了，於是偷看了他的日記，並且給他留了張字條：

「1. 人，基本上是愚蠢的。

2. 爸爸大概是誤會你了，向你道歉。

3. 請對人性不要絕望、洩氣。」

除夕前兩天，難得出了太陽，爸爸從牀上跳起來，對著媽媽叫著：

「啊，我被太陽嚇醒了，今天要出去工作了。」

爸爸好像一直在等陽光，好像要拍一支廣告片，要有大太陽的。

快要放假了，心情很愉快，收到在美國的叔叔寄來的一支蝙蝠俠的手錶，又收到一個伯伯給他的蝙蝠俠筆記本，下午又看了電視裡的「蝙蝠俠」，真是非常蝙蝠的一天。

如果同樂會加慶生會那一天可以表演「西遊記」就好了，他就可以演他最拿手的孫悟空；可是其他同學都反對，說要表演一個連續劇，叫作「天眼」，故事是描述一個警察和綁匪鬥智的故事，而他偏偏被同學推選出來演那個大壞蛋的綁匪。他不想演，可是同學用民主表決的方式選上他，雖然興趣缺缺可是也得演。表演那天，輪到他們上場時他就很努力的想演好壞人，於是他用力勒住演被綁票的孩子的吳懷恩，勒住他的脖子，口中喊著：

「再哭就勒死你，然後把你殺死，丟到海裡去！」

臺下的同學都樂得大叫大笑，他越演越起勁，整個人昂奮了起來，臉脹得通紅，手也更加使勁：

「你再哭啊，看我怎麼整你，我要把你的眼珠挖出來放在盤子裡，沾一點番茄醬吃掉，然後把你的手指一根一根剁下來，沾上麵粉炸一炸，像熱狗一樣，好吃好吃。」

吳懷恩嚇得大哭，又好像是在笑，反正越演越逼真，同學也大笑跟著拍手，他簡直過癮極了，學著大人的口氣繼續威脅下去：

「如果你敢違抗我的命令，就讓你一個月不准看卡通，一年不准玩電動玩具，兩年內不給你零用錢，不准你吃飯、大便、小便，把你趕出家門，你這個沒出息、沒有用的傢伙！」

臺下有同學大叫：

「喂，吳懷恩真的哭了呀，吳懷恩快被勒昏了，馬蓋仙！」

「那是裝的，他假裝的。」他繼續用力勒緊吳懷恩的脖子，直到老師衝上臺來把他們分開，並且要他站到教室外面罰站，才結束這一場鬧劇。

如果照他原來的建議表演「西遊記」就好了，他可以演孫悟空讓大家笑個夠，他爲了演孫悟空還在家裡練耍棍子，練習翻滾，而且還想好一些廣告詞，很好笑的。

不過，這些不愉快的事都要過了，就像這學期所發生的那些令人洩氣的事，像媽媽曾經爲了他忘記自己數學考了八十四分而宣布從此不再爲他復習功課，從此對他「死了心」那件事，他還一度想去「尋短見」。後來媽媽還是沒有放棄他，還是給他復習功課，他才知道，大人有時候就是嘴巴壞，心裡不一定是這樣想的，他決定原諒媽媽。

除夕前一天學校才正式放假，他忽然心生一計，找來幾個同學說，明天我們來做一件很過癮的事，那就是製造一個很大的熱汽球，大約一尺那麼長，然後在上面用螢光劑寫上賀詞，在中正紀念堂的廣場上放熱汽球，在除夕夜放到臺北市的上空，讓全臺北市的老師嚇一跳，因爲他們會看到熱汽球上的螢光劑所寫的字：

「祝全國的老師新年快樂！」

他很興奮的對著幾個同學分配工作：

「楊大同，你負責買單光紙和描圖紙，李志剛，你只要準備鐵絲，要十六到二十號的那一種，吳懷恩，你只要帶螢光筆，多帶幾種顏色的，朱仁德，你準備剪刀、量角器、尺。」

「誰來做呢？」吳懷恩問他。

「當然是我，我會做。」他拍拍胸脯，很得意的擺了一個大力水手的握拳姿勢：

「馬蓋仙做事，你們放心。」

幾個同學都同意了他的做法，想在除夕好好的表現一下，給全國的老師一個驚喜，各自扛著重重的書包互道再見之後便分手了。

他回家之後便把這個大計畫告訴了爸爸和媽媽，媽媽第一個反應是：

「是誰提出來的？」

「是……是其他同學都說要做的，而且他們都已經去買單光紙、鐵絲、螢光筆了，我們約好在除夕那天晚上，施放熱汽球。」他撒了一個小謊。

「除夕晚上，大家都要回家吃年夜飯，要團圓，誰會和你去放熱汽球？」爸爸口氣中帶著一絲絲不悅。

「是你自己建議的吧？不然誰知道熱汽球怎麼做？」媽媽又逼問了一句。

「這期的《幼獅少年》有介紹做熱汽球，很簡單的，是Baby型的，小孩都會做。」他很急切的想爭取父母的支持：

「我會做。」

「你一定向同學誇下海口了吧？你知道熱汽球是很危險嗎？」爸爸又逼問了一句。

「不會危險，《幼獅少年》說的。」他很篤定的回答。

「誰敢保證？而且我懷疑，你那些同學的父母會同意你們在除夕夜到中正紀念堂放熱汽球？我很懷疑。」

「他們都答應了。」他又補了一句，眼淚都快掉了下來。

外面又下起雨來，爸媽剛從公司回來，正在討論公司要不要關門大吉的事情，媽媽背了一大袋的公司帳目回家，氣都沒喘一下。媽媽望著很洩氣的爸爸，爸爸望著很洩氣的他，沉默了好一陣子，忽然爸爸笑了起來，對他說：

「好吧，我支持你去放熱汽球。不過，你一定要先在家裡做一次，做成功了，再約同學，不然明天當場做，萬一失敗了，不是很漏氣，馬蓋仙是不會漏氣的，對不對？

「好，我一定辦到。」他很有把握的說，也笑了起來。

一整個下午，媽媽都趴在書桌前整理帳目，拿出一大堆她很陌生的表格研究，爸爸開始洗紗窗、擦地，準備迎接一個不怎麼期待的舊曆年。

雨仍然下著。

他打開《幼獅少年》第一五九期，封面是一個國一的女生抱著洋娃娃，牆上貼滿了「張信哲」、「少年隊」和一張宣傳巧克力的海報，他翻到那一頁〈讓快樂飛向藍天〉，然後照著上面所描述的方法，開始在一張白紙上畫圖。

他用量角器和尺量著，然後很仔細的畫下第一片熱汽球的基本單位，他非常仔細的剪下第一片，然後照著第一片的樣子再剪了八片，他小心翼翼的把八片像子彈形狀的紙用漿糊黏貼了起來。

外面還在下著雨，他的額頭開始冒汗，他感到自己就要完成了。

爸爸一邊擦著紗窗，一邊對趴在書桌前算帳的媽媽說：

「他有這種想法是好的，要鼓勵，不要洩他的氣，不過，讓他面對現實，一步步做，也許他會因為知道是空想，做不出來，只好自動放棄……我們不要先阻止他，讓他去做，讓他自己去發現那只是想像，並不切實際……。」

「對啦，這樣做是對的。反正他做不出來以後，只好放棄。」媽媽點頭同意，然後又低頭整理千頭萬緒的帳目。

他手中捧著一個已經黏貼完成的小型熱汽球，衝進書房對父母親大喊：

「你們看，我實驗成功了，你們看，我做好了，除夕那一天，只要照這個樣子放大就好。」

站在窗子上的爸爸傻在那兒，因爲他真的做到了，還來不及稱讚他，他已經一溜煙的去分別打電話給同學們，宣布自己實驗成功的事。

結果他打了四通電話，反應各自不同。

楊大同去補習英文了，他的媽媽代他回答說，明天楊大同沒空出去玩。

李志剛說他不想去放熱汽球了，因爲明天全家要回新店去吃年夜飯。

吳懷恩說他被爸爸罵，要在家裡念書，而且他也沒有錢買螢光筆。

朱仁德的姊姊接的電話，說朱仁德去補習作文了，明天要回南部。

掛掉了這些電話，他一聲不響的走回書房去，口裡又開始嘀咕起來：

「算了，大家都不要放熱汽球就算了，才不稀罕呢……」

爸爸走進書房，問他：

「怎麼樣，明天的計劃如何？」

他悶不吭聲，猶豫了一下：

「我不想放了。」

「爲什麼？」

「沒爲什麼，除夕要吃年夜飯嘛。」他把小型的熱汽球放在書桌檯燈下，自己欣賞著。

除夕那天晚上，他和全家人去了爺爺奶奶家吃年夜飯，奶奶準備了大魚大肉，他吃得非常過癮，媽媽也沒有像過去那樣怕他吃得太胖而限制他吃的量。

吃完晚飯後，爺爺展示他在中風物理治療成功之後所寫的毛筆字，內容包括唐太宗的百字詩、好了歌、相人術，爸爸和媽媽對著相人術討論著，好像用相人術裡的那些形容詞來找著他們相類似的朋友和同事們，他覺得無聊，便去看電視的除夕特別節目了。

除夕晚上，回到家以後，爸爸忙著把爺爺寫的春聯張貼在大門外，外面的鞭炮聲忽然此起彼落了起來。

他聽到媽媽對著爸爸說：

「我看，公司還是繼續開下去吧，我去找人來負責做帳，我們把公司撐下

恭喜
發財

去。」

爸爸沒有吭聲，也許是因爲鞭炮聲太大，他不想講話。

他忽然想到，也許明天，買一大堆沖天炮，然後把熱汽球綁在沖天炮上，在熱汽球上面寫著：「恭喜發財」四個字，沖上天，落在誰家的屋頂，那家人今年就會有發財運。

想到這兒，他就偷偷的笑了起來，這個計畫連爸、媽都不要說，到時候，讓他們嚇一跳，最好，那個熱汽球沖上天以後，又落到我們自己家的屋頂，那就太妙了。

他摸著小小的熱汽球，非常欣賞自己的發出了怪笑聲，外面又傳來了鞭炮聲。

明天，就是新年了。

——選自幼獅文化出版《小說之旅》

附錄：小野少兒文學著作一覽表

書名	出版社	出版日期	備註
蛹之生	文豪出版社	一九七五年	
試管蜘蛛	文豪出版社	一九七六年	
生煙井	文豪出版社	一九七七年	
封　殺	文豪出版社	一九七九年	
麥當奴隨筆	文豪出版社	一九八二年二月	
鵝從天上來	文豪出版社	一九八五年	
我的學生杜文燕	文豪出版社	一九八六年七月	
蛹之生	遠流出版事業股份有限公司	一九八八年十一月	（一九九六年八月新版）
試管蜘蛛	遠流出版事業股份有限公司	一九八九年一月	（一九九六年七月新版）
封　殺	遠流出版事業股份有限公司	一九八九年一月	（一九九六年七月新版）
黑皮與白牙 原名《我的學生杜文燕》	遠流出版事業股份有限公司	一九八九年十月	（一九九六年七月新版）
無地海星	遠流出版事業股份有限公司	一九八九年八月	

在蘋果樹下躲雨	遠流出版事業股份有限公司	一九九〇年七月	（一九九七年三月新版）
原名《麥當奴隨筆》、《鵝從天上來》			
生煙井	遠流出版事業股份有限公司	一九九〇年七月	（一九九七年二月新版）
阿米巴與翡翠蛙	遠流出版事業股份有限公司	一九九〇年十月	
娃　娃	遠流出版事業股份有限公司	一九九一年七月	
給要流浪的孩子	皇冠文化出版有限公司	一九九一年七月	
尋找綠樹懶人	皇冠文化出版有限公司	一九九一年七月	（小野和家人圖）
快樂的瓜瓜族	皇冠文化出版有限公司	一九九一年七月	（小野和家人圖）
雨　馬	皇冠文化出版有限公司	一九九一年八月	（小野和家人圖）
星星俠	皇冠文化出版有限公司	一九九一年八月	（小野和家人圖）
球球星座	皇冠文化出版有限公司	一九九一年九月	（小野和家人圖）
國王的朋友	皇冠文化出版有限公司	一九九一年十月	（小野和家人圖）
雷龍豬下山	皇冠文化出版有限公司	一九九一年十月	（小野、李近和家人圖）
阿沙與草莓園	皇冠文化出版有限公司	一九九二年一月	（小野、李近和家人圖）
薔薇公寓	皇冠文化出版有限公司	一九九二年一月	（小野和家人圖）
心情髮樹	皇冠文化出版有限公司	一九九二年三月	

小野少兒文學著作一覽表

失去的童話工廠	皇冠文化出版有限公司	一九九二年七月	
企鵝爸爸	麥田出版股份有限公司	一九九二年十月	（二〇〇一年四月新版）
豌豆家族	皇冠文化出版有限公司	一九九三年三月	
聖誕不快樂	信誼基金出版社	一九九三年八月	（何雲姿圖）
藍騎士和白武士	信誼基金出版社	一九九三年八月	（何雲姿圖）
大小雞婆	皇冠文化出版有限公司	一九九三年十月	
超級大灰毛	皇冠文化出版有限公司	一九九四年一月	
飛吧！飛豬	皇冠文化出版有限公司	一九九四年四月	（小野、李近和家人圖）
森林紫宮	皇冠文化出版有限公司	一九九四年四月	（小野、李近和家人圖）
企鵝肥皮	皇冠文化出版有限公司	一九九四年四月	（小野、李近和家人圖）
布袋開門	皇冠文化出版有限公司	一九九四年四月	（小野、李琳和家人圖）
寶莉回家	皇冠文化出版有限公司	一九九四年四月	（小野和家人圖）
可愛的女人	麥田出版股份有限公司	一九九四年七月	（二〇〇三年六月新版）

小　野

十七年蟬——寓言與歌　皇冠文化出版有限公司　一九九四年七月
青銅小子　麥田出版股份有限公司　一九九四年十二月
輕少女薄皮書　麥田出版股份有限公司　一九九四年十二月（二〇〇一年九月新版）
酷媽不流淚　皇冠文化出版有限公司　一九九五年四月
癡狂老寶貝　皇冠文化出版有限公司　一九九五年七月
小野之家　麥田出版股份有限公司　一九九五年十月（一九九七年七月新版）
雜貨商的女兒　麥田出版股份有限公司　一九九六年一月（二〇〇六年四月新版）
小小撒個野　麥田出版股份有限公司　一九九六年四月
第三代青春痘　麥田出版股份有限公司　一九九六年七月
戴太陽眼鏡的P. S.小姐　原名《無地海星》　遠流出版事業股份有限公司　一九九六年七月
美麗的圓——李遠哲的故事　遠哲科學教育基金會　一九九六年八月
當我們擠在一起　遠流出版事業股份有限公司　一九九六年八月
酸辣世代　皇冠文化出版有限公司　一九九七年一月
第二童年　遠流出版事業股份有限公司　一九九七年三月

小野少兒文學著作一覽表

春天底下三條蟲	麥田出版有限公司	一九九七年三月（二〇〇二年九月新版）
貓頭鷹家裡蹲	麥田出版股份有限公司	一九九七年七月
我跳我跳我跳跳跳	元尊文化企業股份有限公司	一九九七年八月
第五代青春痘	麥田出版股份有限公司	一九九七年十一月
你只要負責笑就好——大小雞婆2	皇冠文化出版有限公司	一九九八年六月
讓我躺在你身邊	麥田出版股份有限公司	一九九九年一月（二〇〇一年六月新版）
生命豈只是三言兩語	麥田出版股份有限公司	一九九九年一月
最好不在家	皇冠文學出版有限公司	一九九九年一月
臭企鵝VS大屁股	皇冠文化出版有限公司	一九九九年六月（與李中合著）
我愛年輕人	麥田出版股份有限公司	一九九九年九月
中等野蠻——臭企鵝VS大屁股2	皇冠文化出版有限公司	二〇〇〇年二月（與李中合著）
你不要錯過我	麥田出版股份有限公司	二〇〇〇年三月
歡樂大飯店	皇冠文化出版有限公司	二〇〇〇年八月
鋼琴貓的偉大事業	麥田出版股份有限公司	二〇〇一年六月
企鵝爸爸上班去	皇冠文化出版有限公司	二〇〇二年三月

新世紀少兒文學家

小野

微熱星空下　一方出版社　二〇〇三年四月
微笑吧！天才李奧　麥田出版股份有限公司　二〇〇三年七月（李亞圖）
這家怪可愛　皇冠文化出版有限公司　二〇〇四年一月
爸爸，我要休學！　麥田出版股份有限公司　二〇〇四年三月（與李亞合著）
爸爸，我還想玩！　麥田出版股份有限公司　二〇〇五年四月（與李亞合著）
家住渴望村　皇冠文化出版有限公司　二〇〇五年七月
蛹之生　遠流出版事業股份有限公司　二〇〇五年十一月（三十週年紀念版）
孩子，我挺你！　麥田出版股份有限公司　二〇〇六年三月
孩子，勇敢向前　麥田出版股份有限公司　二〇〇七年三月（新版，袖珍本）
面對：小金鋼世代與野草莓世代的深情對話　麥田出版股份有限公司　二〇〇九年一月（與李亞合著）
誰來陪我放熱氣球——小野精選集　九歌出版社股份有限公司　二〇一〇年四月

新世紀少兒文學家 2

誰來陪我放熱汽球

小野精選集

作者	小　野
插畫	許育榮
主編	林文寶
執行編輯	何靜婷
發行人	蔡文甫
出版發行	九歌出版社有限公司 台北市105八德路3段12巷57弄40號 電話／02-25776564・傳真／02-25789205 郵政劃撥／0112295-1
九歌文學網	www.chiuko.com.tw
印刷	晨捷印製股份有限公司
法律顧問	龍躍天律師・蕭雄淋律師・董安丹律師
初版	2010（民國99）年4月10日
初版4印	2012（民國101）年8月
定價	**250元**

書號	0171002
ISBN	978-957-444-679-7

（缺頁、破損或裝訂錯誤，請寄回本公司更換）

國家圖書館出版品預行編目資料

誰來陪我放熱汽球 ： 小野精選集／小野著 ； 許育榮圖 .
— 初版 . — 臺北市：九歌，民99.04
面； 公分 . —（新世紀少兒文學家；2）
ISBN 978-957-444-679-7 （平裝）

859.6 99004113

新世紀
少兒文學家

新世紀
少兒文學家

新世紀
少兒文學家

新世紀
少兒文學家